Die drei !!!

Die drei !!!

Voller Einsatz für die Erde

Kirsten Vogel

KOSMOS

Umschlagillustration von Ina Biber, Gilching
Umschlaggestaltung von Sabine Reddig

Weitere Bände dieser Reihe siehe S. 160

MIX
Papier aus verantwortungsvollen Quellen
FSC® C083411
FSC
www.fsc.org

Gedruckt auf chlorfrei gebleichtem Papier

ISBN 978-3-440-16808-0
Redaktion: Franziska Latoska
Lektorat: Claudia Müller
Satz: DOPPELPUNKT, Stuttgart
Produktion: Lena Geiger
Druck und Bindung: CPI books GmbH, Leck
Printed in Germany / Imprimé en Allemagne

Die drei !!!

Voller Einsatz für die Erde

»You are never too small to make a difference.«
Greta Thunberg, Klimaaktivistin, 2018

Fußabdrücke

»Advent, Advent ...«, murmelte Franzi mit einem rot triefenden Pinsel in der Hand.
»Es ist Sommer, wir haben seit sechs Wochen eine Hitzewelle, Sonne pur, keinen Regen, und du denkst an Advent?«, wurde sie von Marie unterbrochen.
»Mhm, Lebkuchen und Zimtsterne könnte ich zu jeder Jahreszeit essen«, schwärmte Kim.
»Lasst mich doch mal in Ruhe denken«, beschwerte sich Franzi, die über ihren kurzen Shorts und dem geringelten T-Shirt einen riesigen weißen Kittel trug.
»Ach, du hast meinen Arztkittel.« Herr Winkler, Franzis Vater, war gerade auf dem Weg in seine Tierarztpraxis, die sich auf dem Winklerhof befand.
Franzi stand auf und sofort wurden viele bunte Farbkleckse auf dem blütenweißen Stoff sichtbar. »Entschuldigung, Papa.«
»Ach, darin ist mir sowieso zu heiß.« Herr Winkler betrachtete die Pappen, die zwischen den drei Mädchen auf dem Rasen lagen. »Was macht ihr denn da eigentlich?«

»Wir malen Plakate für die Demonstration morgen«, erklärte Kim.

»Hat Chrissie die wieder mitorganisiert?«, fragte Franzis Vater.

Franzi nickte. »Cool, oder?«

»Ja, schon. Gut, dass wenigstens du noch weißt, was deine Schwester so treibt.« Im Losgehen drehte sich Herr Winkler noch einmal um. »Nachher kommt mein neuer Praktikant Paul. Zeigt ihr ihm den Weg?«

»Hatschi! Klaro! Hatschi!« Franzi rieb mit dem Handrücken ihr juckendes Auge. »Mist, ich habe meine Allergietablette noch nicht genommen.«

»Ist die Allergie so schlimm?«, fragte Kim.

»Im Moment schon, durch die Trockenheit fliegen so viele Pollen durch die Luft. Es müsste mal wieder regnen«, seufzte Franzi und wühlte aus ihrem Beutel eine Tablette, die sie mit Wasser herunterspülte. »Super, dass es die gibt, sonst müsste ich bei dem Wetter in der Bude hocken.« Franzi setzte sich wieder zu ihren Freundinnen.

Im Schatten der großen Linde, die sich im hinteren Teil des winklerschen Gartens befand, malten sie ihre Plakate für den am nächsten Morgen geplanten Demonstrationszug. Die Schüler, allen voran Franzis große Schwester Chrissie, protestierten gegen die Rodung eines großen Teils des Waldes am Stadtrand. Eine Pharmafirma plante zu expandieren und wollte dort einen neuen Produktionsstandort aufbauen. Chrissie kämpfte aktiv für die Erhaltung des Waldes und war kaum noch zu

Hause. Franzis Eltern fanden es zwar toll, dass sie sich so für den Umweltschutz einsetzte, aber sie waren nicht glücklich darüber, dass sich das mittlerweile auf ihre Schulnoten auswirkte.
»Jetzt sind Oma Agnes und Opa Herbert gerade in das süße Häuschen am Waldrand gezogen und freuen sich, dass es endlich ruhiger wird, und dann sollen da so viele Bäume gerodet werden.« Marie tunkte ihren Pinsel in die blaue Farbe. »Wer will schon in der Nachbarschaft eines Chemiewerks wohnen?« Mit Schwung malte sie eine Kugel auf ihr Plakat. »Der Wald ist übrigens knochentrocken.«
»Die armen Pflanzen und Tiere! Die bekommen alle zu wenig Wasser.« Franzi sah zur Pferdekoppel rüber, wo ihr Pferd Tinka gerade an der Tränke stand. »Es ist wirklich auffällig, dass die Sommer immer heißer werden.« Mit Klebeband befestigte sie einen Stab an ihrer Pappe.
»Und Holger sitzt die ganze Zeit in seinem Zimmer.« Marie rührte mit ihrem Pinsel in der grünen Farbe. »Er muss lernen, weil er in zwei Fächern auf der Kippe steht. Deshalb kann er auch nicht zur Demo mitkommen. Er schreibt eine Klausur.«
»Aber bei Klausuren darf man doch sowieso nicht streiken, da hilft auch die Entschuldigung der Eltern nichts.« Kim tunkte ihren Pinsel in die gelbe Farbe. »Bei der Hitze büffeln … der arme Holger! Es ist so heiß, dass David und ich in letzter Zeit weniger an unserem Roman geschrieben haben, sondern eher Eis essen und schwimmen waren«, berichtete sie. »Ich hatte zuerst ein schlechtes Gewissen, aber David meint, wir sollen es als kreative Pause ansehen und das Leben genießen.«

Kim und ihr Freund David teilten eine gemeinsame Leidenschaft: das Schreiben. Sie hatten sich vor einiger Zeit bei einem Schreibworkshop kennengelernt, der von Sebastian, einem Redakteur der *Neuen Zeitung*, geleitet worden war. Da Kim Krimiautorin werden wollte und David sich eher für Fantasy-Romane interessierte, hatten die beiden für ihr gemeinsames Schreibprojekt einen Kompromiss gefunden, der beide glücklich machte: Sie schrieben zusammen einen Fantasy-Krimi, ein noch relativ neues Genre. In der Vergangenheit hatte eine Schreibentscheidung von David – Junos, die Hauptfigur der Geschichte, durch den Stich einer außerirdischen Biene sterben zu lassen –, zu einer Beziehungskrise geführt. Nachdem Kim und David sich darauf geeinigt hatten, dass Junos von seiner Geliebten Laurina durch ein Gegengift gerettet wird, war wieder Frieden eingekehrt.

»Ich möchte gerne ein Plakat mit Bienen machen«, entschied Kim.

»Das ist gut!«, fand Marie. »Auch die Insekten werden ja immer weniger, und das hat auch damit zu tun, dass die ökologischen Systeme durch den Lebenswandel von uns Menschen durcheinandergebracht werden.«

»Wisst ihr noch, wie wir das Bienengeheimnis gelüftet haben?«, fragte Franzi.

»Na klar, der Bienen-Fall! Der war wirklich ganz schön knifflig«, erinnerte sich Marie. »Oma Agnes hat übrigens erzählt, dass Sven Kronkamp sich entschieden hat, keine Pestizide mehr einzusetzen, damit es den Bienen richtig gut geht.«

»Toll!«, freute sich Kim. »Da war unsere Mission doppelt erfolgreich.«
Kim Jülich, Marie Grevenbroich und Franziska Winkler waren Detektivinnen. Sie nannten sich *Die drei !!!* und hatten gemeinsam schon mehr als achtzig Fälle erfolgreich gelöst.
Kim begann eine Biene auf ihre große helle Pappe zu zeichnen. »Eigentlich könnten wir auch mal wieder einen neuen Fall gebrauchen, oder?«
Der letzte Fall, bei dem die drei !!! beim Karnevalszug einen Raubüberfall aufgeklärt hatten, lag schon eine Weile zurück.
»Ja, mir brennt es auch schon unter den Fingernägeln«, sagte Franzi und hatte plötzlich die zündende Idee für ihr Plakat. »Ich hab's!« Franzi begann, ihr Plakat zu malen.
Marie las mit. »Advent, Advent … die Erde brennt.«
»Nicht schlecht, Franzi!«, sagte Kim anerkennend.
»Chrissie hat einen Artikel gelesen, in dem ein renommierter Wissenschaftler vorhersagt, dass sich die Erde viel stärker und schneller erwärmen wird als bisher angenommen«, berichtete Franzi. »Dann schmelzen die Polkappen, der Meeresspiegel steigt an und der Lebensraum für Tiere und Pflanzen wird immer kleiner. Die Menschen sind dafür verantwortlich. Sie hinterlassen einen gewaltigen ökologischen Fußabdruck.«
»Was ist damit eigentlich gemeint?« Marie malte jetzt mit grüner Farbe Kontinente auf ihr Plakat.
»Jeder Mensch verbraucht Rohstoffe und Energie, produziert Müll und Abgase«, erklärte Franzi. »Er hinterlässt also einen ökologischen Fußabdruck. Die Biosphäre, also der Raum, in

dem es auf der Erde Leben gibt, wird so gestört, und es wird immer wärmer.«
»Weißt du das alles von Chrissie?«, fragte Marie beeindruckt.
»Ja.« Franzi war es in dem Kittel ihres Vaters auch viel zu heiß. Sie zog ihn sich über den Kopf und warf ihn zur Seite.
»Und was genau ist eigentlich mit Ökologie gemeint?«, wollte Kim wissen.
»Die Ökologie befasst sich mit Wechselbeziehungen zwischen Lebensraum und Lebewesen. Der Regenwald ist zum Beispiel ein abgeschlossenes Ökosystem. Bäume, Pflanzen, Pilze und Tiere sind voneinander abhängig«, erklärte Franzi.
»Wir Menschen brauchen unsere Erde und zerstören sie durch unsere Lebensweise – wie schrecklich!«, sagte Marie.
Genau in diesem Augenblick hinkte Franzis Huhn Polly gackernd über Maries Plakat und hinterließ in der frisch gemalten Erdkugel seinen ganz besonderen Fußabdruck. Die drei Freundinnen prusteten los.
»Oh, was ist denn mit dir passiert?« Ein Junge stand plötzlich neben ihnen und hatte sich zu Polly hinuntergebeugt. Er nahm das Huhn auf den Arm und sah es sich genauer an.
»Das ist Polly«, erklärte Franzi. »Sie lässt sich normalerweise nicht so leicht anfassen. Und wer bist du?«
Der Junge, den Franzi auf siebzehn schätzte, schien gar nicht richtig zuzuhören. Er schnappte sich den Holzstab, den Marie an ihr Plakat kleben wollte und brach ein wenige Zentimeter langes Stück ab. Dann rupfte er einen langen Grashalm von der Wiese und band damit den kleinen Stab an Pollys Bein fest.

Die drei !!! staunten.
Franzi fand als Erste die Sprache wieder. »Polly hinkt schon länger.«
»Ich bin Paul.« Lächelnd setzte er das Huhn wieder ab. Langsam spazierte Polly mit der Schiene am linken Bein los.
»Ach, du bist der neue Praktikant von meinem Vater.«
»Genau. Und wer bist du?«
Franzi merkte, dass ihr noch wärmer wurde, als es ihr ohnehin schon war. »Ich bin Franzi. Und das sind meine beiden Freundinnen Kim und Marie.«
Die beiden winkten Paul zu und grinsten Franzi an, die das mit einem heimlichen Augenrollen in ihre Richtung quittierte.
Paul sah sich um. »Wo ist denn die Praxis?«
Franzi zeigte in Richtung Hof. »Am Haus vorbei und dann über den Hof. Draußen ist dann ein Schild.«
Paul stand wieder auf. »Kim, du kannst doch auf das Plakat mit der Biene *Kurzstreckenflüge nur für Insekten* schreiben.«
»Das ist gut, danke.« Kim reinigte ihren Pinsel in einem Wasserglas.
Paul verschwand in die Richtung, die Franzi ihm gezeigt hatte. Sie sah ihm hinterher. »Ist ja ganz nett, dieser Paul.« Franzi zeigte zu Polly, die hinter Paul herstolzierte. »Und auch nicht ungeschickt.«
»Stimmt, und Polly scheint er auch zu gefallen.« Marie grinste. »Dein Typ?«
»Was?« Franzi zog eines ihrer Zöpfchen fest. »Ach so, ja, äh, nee.«

»Wow, der hat dich aber aus dem Konzept gebracht«, staunte Kim, während sie mit schwarzer Farbe ihren Spruch schrieb.
»Was ist denn eigentlich mit Blake?«, wollte Marie wissen. »Habt ihr mal wieder geskypt?«
Franzis Freund Blake war schon zehn Monate im Ausland. Seit einem Reitunfall saß Blake im Rollstuhl. Er war sehr sportlich und machte WCMX, was für Wheelchair Motorcross stand. In Amerika gab es bessere Möglichkeiten, diese Sportart zu trainieren, deshalb hatte er sich für ein Austauschjahr in Fontana entschieden. Weil Franzi zu Beginn ihrer Fernbeziehung nächtelang mit ihm geskypt hatte und daraufhin einige Male beim Abendessen eingeschlafen war, war von ihren Eltern schließlich unter der Woche ein Skypeverbot verhängt worden.
»Eine Fernbeziehung plus Zeitunterschied ist echt eine Herausforderung.« Franzi seufzte. »In sieben Wochen kommt er wieder. Hoffentlich erkenne ich Blake überhaupt noch, wenn ich ihn am Flughafen abhole.«
»Ein Flug von Amerika nach Deutschland hinterlässt einen gewaltigen ökologischen Fußabdruck.« Chrissie sprang neben den drei Freundinnen von ihrem Rad. »Flugzeuge pusten tonnenweise CO_2 in die Luft!«
»Ich weiß.« Franzi überlegte. »Er kann ja durch den Atlantik schwimmen.«
»Stimmt, wenn die Meere immer wärmer werden, dürfte das kein Problem sein«, seufzte Chrissie. Ihr Blick fiel auf die selbst gemalten Plakate. »Wow, die sehen gut aus!«
»Finde ich auch!« Franzis Mutter kam mit einem großen Ta-

blett auf die Mädchen zu. »Hallo, Chrissie, schön, dich mal wieder zu sehen. Wie geht's dir?«

»Gut, Mama, danke. Morgen ist die große Demo.«

»Ja, ich weiß. Toll.« Frau Winkler stellte ein Tablett auf die Wiese. »Voilà. Selbst gezauberte Biozitronenlimo mit Pfefferminzblättern.«

Kim nahm sich ein Glas mit einem grünen Strohhalm. »Fantastisch. Perfekt bei der Hitze. Danke schön!«

Frau Winkler lächelte. »Chrissie, ich bringe dir auch noch ein Glas. Mit Strohhalm?«

Chrissie verdrehte die Augen. »Nein, danke, Mama. Ich will nur ein paar Sachen holen.«

»Was habe ich denn jetzt schon wieder falsch gemacht?« Frau Winkler stemmte die Hände in die Hüften.

»Warum verwendest du immer noch Plastikstrohhalme? Jedes Jahr landen acht Millionen Tonnen Plastik in den Meeren«, sagte Chrissie vorwurfsvoll. »Und warum kaufst du Zitronen, obwohl die gerade keine Saison haben? Die sind mit dem Flugzeug hertransportiert worden.«

Frau Winkler pustete sich eine Haarsträhne aus dem Gesicht. »Erstens: Die Strohhalme habe ich mal in einer großen Packung gekauft. Vor zwei Jahren. Soll ich sie gleich wegwerfen oder erst nach Gebrauch? Und zweitens: Die Zitronen sind bio.«

Chrissie verdrehte die Augen. »Das reicht nicht, Mama.«

»Soll ich dir mal was sagen, Chrissie? Es ist leicht, sich über alles zu beschweren. Aber mach doch bitte erst mal deinen

Schulabschluss und stehe auf eigenen Beinen, ehe du mich so verurteilst.«

»Mama, ganz ehrlich: Was ist dir wichtiger? Dass ich einen Schulabschluss habe oder dass wir auf dieser Erde eine Zukunft haben? Morgen soll ein großer Teil der Natur zerstört werden – und da denkst du an Schulaufgaben?« Chrissie lehnte ihr Rad an die Hausmauer. »Ich hole Klamotten, dann bin ich wieder weg.« Eilig lief sie ins Haus.

Frau Winkler schüttelte den Kopf. »Die Klamotten habe ich übrigens mit Biowaschmittel gewaschen, falls es dich interessiert!«, rief sie Chrissie hinterher. Sie drehte sich wieder zu den Freundinnen. »Lasst euch die Limo trotzdem schmecken.« Frau Winkler rang sich ein Lächeln ab und verschwand dann ebenfalls im Haus.

Betreten schweigend saßen die drei Mädchen zwischen ihren Plakaten auf der Wiese und saugten an ihren Strohhalmen. Dass es allen Detektivinnen gleichzeitig die Sprache verschlug, kam eigentlich nie vor.

Ohne etwas zu sagen, schrieb Marie nun *Kein Planet B* auf ihr Plakat und malte noch einen Kontinent mit Tannenbäumen auf die blaue Kugel.

Franzi betrachtete den in der Sonne funkelnden Glaspavillon weiter hinten auf der Wiese, den ihre Mutter öfter für Veranstaltungen ihres Eventcafébetriebs nutzte. Zusammen mit ihren Eltern, ihrem Bruder Stefan und ihrer Schwester Chrissie hatte sie den sehr heruntergekommenen Pavillon vor längerer Zeit wieder auf Vordermann gebracht. »Irgendwie haben sie

beide recht«, fand Franzi. »Aber wenn sie sich ständig streiten, bringt das doch auch keinem was.«
Marie und Kim nickten.
In die Stille hinein war ein leises »I-A!« zu hören. Kim und Franzi sahen sich suchend um.
Marie fischte ihr Handy aus der Tasche ihres Jeanskleides. »Mein neuer Klingelton. Ich hab Adam und Eva aufgenommen.« Marie ging ans Telefon. »Was? … Oh nein! … Ja, wir kommen!« Marie legte auf.
»Was ist?«, wollte Kim wissen.
»Die große Fichte neben Adams und Evas Eselstall in Oma Agnes' und Opa Herberts Garten muss gefällt werden. Sie fragen, ob wir uns ein bisschen mit Finn beschäftigen können.« Marie begann, die Deckel der Farbdosen einzusammeln.
»Gebongt!«, sagte Franzi und warf die leere rote Farbdose in den gelben Sack, der neben dem Hausmüll lehnte.
Nachdem sie die Farben und ihre Demoplakate im Kellereingang abgestellt hatten, setzten die drei !!! ihre Helme auf und düsten auf ihren Rädern los.

Ein herzzerreißender Fund

»Der Baum ist tot.« Maries kleiner Halbbruder Finn kam den Detektivinnen aufgeregt entgegen. »Die blöden Borkenkäfer sind schuld.«

Marie nahm Finn auf den Arm. »Schade, dabei sieht er eigentlich noch ganz lebendig aus.«

Oma Agnes und Opa Herbert standen neben dem Eselstall und sprachen mit einer blonden Frau, die ihre schulterlangen Haare zu einem Pferdeschwanz gebunden hatte. Sie trug eine Jeans und Wanderstiefel, dazu ein graues T-Shirt. Um ihre Hüften hing ein Arbeitsgürtel, aus dem ein Taschenmesser und eine kleine Axt ragten. Franzi schätzte sie auf Ende dreißig.

»Ach, da seid ihr ja schon.« Oma Agnes umarmte Marie und streichelte Kim und Franzi über die Wangen.

»Wir sind so schnell geradelt«, erklärte Kim und schob die Unterlippe vor, um sich selbst ins Gesicht zu pusten.

»Das ist Frau Grimme, die Försterin. Und das ist meine Enkelin Marie mit ihren beiden Freundinnen Kim und Franzi«, stellte Oma Agnes alle einander vor.

»Die Fichte neben dem Eselstall ist befallen«, berichtete Opa Herbert. »Heute Morgen, als ich Adam und Eva füttern wollte, sind mir die Löcher in der Rinde aufgefallen.«
Oma Agnes und Opa Herbert hatten mit dem Haus noch einen Eselstall mit zwei Eseln, Adam und Eva, übernommen. Die beiden Tiere waren schon etwas älter, aber bei Oma Agnes und Opa Herbert fehlte es ihnen an nichts. Da sich das Haus am Waldrand befand, war es hier schattiger als im Rest der Stadt, und so hatten die Esel auch eine Menge Gras zum Futtern.
»Kann man nichts mehr machen, um den Baum zu retten?«, erkundigte sich Franzi.
Die Försterin schüttelte den Kopf. »Wir haben in diesem Jahr ein massives Borkenkäferproblem. Durch die trockenen Hitzeperioden in den letzten beiden Jahren sind die Bäume geschwächt und können sich schlechter gegen den Befall durch die Käfer wehren. Sie bohren Brutgänge in die Rinde der Bäume und legen da ihre Eier ab. Die Larven ernähren sich von den saftführenden Schichten des Baumes in der Rinde. Da diese Schicht die Lebensader des Baumes darstellt, führt der Befall meist zu dessen Absterben.«
»Die Käfer vermehren sich rasant«, erklärte Opa Herbert. »In diesem Jahr gibt es schon die zweite Generation. Ein weiblicher Käfer legt einhundert Eier im Frühjahr ab. Wenn es trocken und warm ist, so wie in den letzten beiden Jahren, vermehren diese sich dann wieder und wieder.«
»Unglaublich!«, staunte Franzi. »Und da kann man gar nichts machen?«

»Doch, man hat die Wahl. Entweder verliert man große Baumbestände oder man setzt Insektizide ein, damit die Käfer nicht noch mehr Bäume befallen können«, erklärte Frau Grimme.
»Aber ist das nicht auch Gift für andere Tiere?«, fragte Franzi.
»Vierbeinern schadet es nicht, aber klar, für andere nützliche Insekten ist das auch nicht so gut.«
»Also ist der Ökokreislauf gestört«, schlussfolgerte Marie.
»Genau.« Die Försterin begrüßte einen jungen Mann im Holzfällerhemd, der schwer bepackt mit großen Kettensägen den Garten betrat. »Das ist mein Waldarbeiter Malte.«
»Haben Sie das Insektizid auch schon verwendet?«, fragte Franzi.
»Ja, mir blieb nichts anderes übrig. Vor zwei Wochen hatte ich einen Hubschrauber im Einsatz, der das von oben verteilt hat. Aber wir bekommen das Problem nicht in den Griff.« Die Försterin sah auf ihr Handy. »Ich muss los. Malte wird die Fichte fällen und abtransportieren«, erklärte sie Maries Großeltern. »Sollten Sie noch Fragen haben, melden Sie sich.«
Franzi merkte, dass Adam besonders unruhig wirkte. »Darf ich mit Adam ein bisschen spazieren gehen?«
»Na klar.« Oma Agnes freute sich. »Ich habe noch selbst gemachtes Vanilleeis im Tiefkühlfach. Marie, kümmerst du dich darum?«
»Ja, gerne. Willst du mit, Finn?«
»Iah!«, rief Finn und flitzte ins Haus.
»Lasst ihr etwas für mich übrig?« Franzi nahm den Esel an seinem Zaumzeug.

»Na gut.« Marie zwinkerte Franzi zu. »Aber beeil dich! Finn und Kim sind unberechenbar.«
Franzi nickte. »Komm, Adam, wir flanieren ein bisschen, während der schöne Baum gefällt wird.«
»Iah!«, antwortete Adam und alle lachten.

Franzi hatte ein riesengroßes Herz für Tiere und Adam schien das auch zu spüren. Gemütlich trottete er neben ihr den Waldweg entlang. Das Klopfen eines Spechtes war zu hören. Franzi spähte in die Baumkronen, konnte ihn aber nicht entdecken. Nach einer Weile wurden die Bäume etwas lichter, einige waren gefällt worden. Vermutlich waren sie ebenfalls dem Borkenkäfer zum Opfer gefallen.
Der Waldboden war so weich, dass ihre Schritte federten. Auch wenn es hier im Wald kühler war, konnte Franzi dem Boden ansehen, dass er sehr trocken war. Eine Hummel brummte an ihrem Gesicht vorbei und landete auf der Blüte eines Brombeerbuschs. Daneben stand ein Zaun, hinter dem sich viele kleine Bäume befanden. Plötzlich war ein Bellen zu hören. Franzi reckte ihren Hals, ob irgendwo ein Hund im Anmarsch war, aber es war keine Fellnase in Sicht. Gerade wollte Franzi ihren Weg fortsetzen, da hörte sie das Geräusch wieder. Sie spitzte die Ohren. Es klang anders als das Bellen eines Hundes, eher wie ein heiseres Wimmern.
»Adam, wir müssen schauen, wo das herkommt.« Mit zügigen Schritten ging Franzi den Weg am Zaun entlang. Vorsichtig lugte sie hinter einen Brombeerbusch und entdeckte ein klei-

nes Reh, das mit dem Kopf in einer Drahtschlaufe feststeckte. »Oh nein, du armes Reh. Ich helfe dir.« Franzi versuchte, das kleine goldbraune Rehkitz aus seiner Fessel zu befreien, aber der Draht war zu eng. Sie konnte sehen, dass das Tier bereits am Hals blutete.

Hilfe suchend sah sie sich um, aber außer dem Esel, der in gemächlichem Tempo bereits wieder Richtung Oma Agnes und Opa Herbert losmarschiert war, war niemand in Sicht. Das Rehkitz quiekte und schrie, dass es Franzi innerlich zerriss. »Halt durch, kleines Reh.« Sie fischte ihr Handy aus der Tasche. Doch sie hatte keinen Empfang. »Verdammt!« Franzi machte schnell ein Foto von dem Rehkitz und steckte ihr Handy wieder weg. Sie ärgerte sich, dass sie noch nicht mal ihren Beutel mit der Wasserflasche dabeihatte. »Ich hole Hilfe.«

Franzi rannte los und hatte Adam schnell wieder eingeholt. »Komm, Adam, wir müssen uns beeilen.« Aber bei der Hitze war dem Esel wohl nicht danach, einen Sprint mit Franzi hinzulegen. Ungeduldig zog Franzi wieder ihr Handy aus der Tasche. Nach einer gefühlten Ewigkeit hatte sie endlich Empfang. Schnell wählte sie die Nummer ihres Vaters. Es klingelte, aber niemand hob ab.

Franzi war mittlerweile beim Grundstück von Oma Agnes und Opa Herbert angelangt, wo der Waldarbeiter die Fichte mit einer Kettensäge in kleinere Teile zersägte, die er nacheinander auf die Ladefläche eines Kleinlasters warf. Mit Sicherheitsabstand untersuchte Finn einen Borkenkäfer mit einer Becherlupe. Franzi führte Adam zu Eva in den Stall. »Ein Notfall. Ihr müsst sofort mitkommen«, keuchte sie mit dem Handy am Ohr, als sich am anderen Ende endlich jemand meldete. Franzi brauchte einen Moment, bis sie merkte, dass es Paul war. Er informierte Franzi, dass Herr Winkler gerade eine Notoperation an einer Katze durchführen musste, die einige Zecken in der Pfote stecken hatte.

Franzi berichtete von dem Reh, und Paul versprach, sich sofort auf den Weg zu machen. Nachdem sie das Telefonat beendet hatte, wirbelten ihre Finger über das Display ihres Handys. »Paul hilft uns. Ich schicke ihm den Standort.«

Kim und Marie hatten das Gespräch mit angehört. Marie lief zu ihren Großeltern, die gerade die Kräuter in der Kräuterspirale wässerten, und schnappte sich die Gartenzange, die im Beet lag. »Oma, wir müssen einem Reh helfen. Finn kann doch noch bei euch bleiben, oder?« Marie verstaute die Zange in ihrem Beutel.

»Klar. Was ist denn da passiert?«

»Erzählen wir später.« Franzi lief wieder los. Kim und Marie folgten ihr.

Als sie sich kurz darauf dem Zaun näherten, erschrak Franzi fürchterlich. Bewegte sich das Reh nicht mehr? Es hatte die Augen geschlossen.

»Oh nein!« Franzi stürzte zu dem Tier.

Kim schluckte. »Ist es … tot?«

»Bitte nicht«, flüsterte Marie.

Vorsichtig strich Franzi dem Rehkitz über den Kopf. Dabei öffnete es ein Auge.

»Es lebt!«, rief Franzi erleichtert. »Wir befreien dich jetzt.«
Marie begann, den Draht am Hals des Rehs vorsichtig mit der Zange zu bearbeiten. »Puh, ist der dick.«
Das Tier öffnete beide Augen und begann zu bellen.
»Ich wusste gar nicht, dass Rehe bellen«, sagte Kim verwundert.
»Pass auf, da hat es eine Wunde.« Franzi zeigte alarmiert auf eine offene Stelle unter dem Kinn.
»Ja.« Marie mühte sich ab. Sie hatte die Zange über dem Hals angesetzt und drückte sie mit beiden Händen zusammen. »Mann, geht das schwer.«
»Soll ich mal?« Franzi stand ungeduldig daneben.
»Ich hab es gleich«, keuchte Marie. Im selben Moment machte es klick und der Draht sprang auf.
Die zarten Beine des Rehs knickten weg, aber Franzi reagierte blitzschnell und fing es auf. Das Tier war ganz schön schwer und fiepte leise.
»Wie geht's ihm?« Paul war gerade angekommen und stellte sich neben Franzi. Er hatte eine Umhängetasche dabei, aus der er eine kleine Trinkflasche, ähnlich einer Babyflasche, herauszog. »Bei der Hitze dehydrieren die Tiere schnell. Das hier ist eine Elektrolytlösung.«
Während Franzi das Rehkitz in den Armen hielt, steckte Paul ihm die Flasche ins Maul. Es trank ein paar Schlucke, ließ dann aber wieder den Kopf hängen. »Kannst du es noch mal versuchen?« Paul gab Franzi die Flasche und sah sich die Wunde an. »Das sieht nicht gut aus. Es muss in die Praxis.«

»Aber wie?«, fragte Marie.
»Ich habe ein großes Operationstuch mitgenommen.« Paul zog ein grünes Tuch aus seiner Tasche und breitete es auf dem Waldboden aus. »Das ist unsere Trage.«
Mit Pauls Hilfe legte Franzi das fiepende Rehkitz auf das Tuch.
»Es ruft nach seiner Mama«, erklärte Paul. »Das ist das Geräusch, das die Ricke und ihr Kitz machen, wenn sie sich suchen.«
»Ricke nennt man also die Mama?« Franzi blickte sich um.
»Könnte es sein, dass sie in der Nähe ist?«
»Glaube ich nicht, dann hätte sie sich bemerkbar gemacht.« Paul nahm zwei Enden des Tuchs. Franzi, Marie und Kim packten ebenfalls mit an. Vorsichtig trugen sie nun das Reh durch den Wald. Als Franzi wieder Empfang hatte, rief sie ihren großen Bruder Stefan an. Er hatte den drei !!! schon so manches Mal mit seinen Fahrdiensten zur Verfügung gestanden. Auch dieses Mal war er bereit zu helfen.
»Marie und ich gehen noch mal zur Fundstelle«, entschied Kim, als Franzi und Paul mit dem Reh im Laken auf Stefans Rückbank geklettert waren.
Franzi nickte. »Ich halte euch auf dem Laufenden.«
Marie schlug die Tür zu und Stefan fuhr los.
Das Rehkitz hatte wieder aufgehört zu fiepen. Franzi lugte in das grüne Tuch. Das Kitz lag regungslos auf der Seite. Seine Augen waren geschlossen. »Atmet es noch?«, fragte Franzi Paul.
Er legte vorsichtig seinen Zeige- und Mittelfinger an den Hals des Rehs und nickte dann. »Es scheint ihr nicht gut zu gehen.«

»Ist es ein weibliches Rehkitz?«, fragte Franzi.

Paul nickte. »Wollen wir ihr einen Namen geben?«

»Ja, das ist eine super Idee.« Während Franzi zu grübeln begann, rief Paul Herrn Winkler an und berichtete ihm, was passiert war und dass sie auf dem Weg zur Praxis waren.

»Wie wäre es mit Bambi?«, fragte Stefan.

»Sehr einfallsreich!«, neckte Franzi ihren Bruder. »Ich bin für Goldie, weil ihr Fell so schön golden schimmert.«

»Gefällt mir.« Paul legte auf. »Euer Vater kann sich zum Glück gleich um Goldie kümmern. Die Katzen-Operation ist gut verlaufen.«

Franzi legte ihre Hand auf den Rücken des Rehs. Es war weich und warm. »Was hat sie denn nur? Stefan, kannst du bitte schneller fahren?«

»Franzi, ich kann nicht meinen Führerschein aufs Spiel setzen«, murrte er und bog scharf ab.

Sie fuhren bereits auf den Winklerhof zu. Dort angekommen hupte Stefan mehrmals. Herr Winkler kam in einem alten, gräulichen Kittel auf den Hof gerannt. Zusammen trugen sie das Laken mit Goldie in die Praxis. Dort wurde das kleine Reh direkt auf den Operationstisch gelegt. Der Tierarzt begann umgehend mit der Untersuchung. »Ich mache mir zunächst ein Bild vom Allgemeinzustand des Tiers«, erklärte er.

»Braucht ihr mich noch?«, fragte Stefan. »Ich bin nämlich mit Chrissie verabredet.«

Herr Winkler schüttelte den Kopf. »Ich bin froh, dass wenigstens die Geschwister noch miteinander reden können.«

»Alles klar.« Stefan nahm Franzi in den Arm. »Goldie wird es schaffen.«
Franzi merkte, wie sich ihre Augen mit Tränen füllten. »Danke, Stefan.«
Als sie sich wieder löste, desinfizierten Paul und ihr Vater sich gerade gründlich die Hände. Franzi tat das Gleiche. »Was kann ich tun?«
»Eigentlich nichts gerade, danke.« Herr Winkler sah Paul an. »Sie ist stark dehydriert. Wir geben ihr zunächst eine Elektrolytlösung.«
Paul zog die Flasche aus seiner Tasche. »Wir haben es im Wald schon versucht, da hat sie ungefähr zwanzig Milliliter getrunken.«
Herr Winkler zog die Stirn in Falten. »Es gibt Pflanzen, die für Rehe giftig sind. Ich kann nicht ausschließen, dass sie davon etwas gefressen hat.«
Franzi sah ihren Vater hilflos an. »Wird sie überleben?«
»Wir tun alles dafür, Franzi.« Herr Winkler hielt dem Rehkitz die Flasche ans Maul, aber es nahm wieder nur wenige Schlucke. »Ich kann es dir aber nicht versprechen.«
»Sollen wir sie an den Tropf legen?«, schlug Paul vor.
»Ja, wir geben ihr eine Infusion.«
Herr Winkler und Paul arbeiteten Hand in Hand und Franzi beobachtete, wie ihr Vater dem Reh einen Zugang am Hals legte. Paul hängte einen kleinen Plastikbeutel mit einer Kochsalzlösung an eine silberne Stange. Das Reh öffnete die Augen. Es wehrte sich nicht, sondern lag bewegungslos da. Herr Winkler

war jetzt damit beschäftigt, die Verletzung am Hals zu desinfizieren. »Die Wunde ist ziemlich tief, die muss ich nähen.«
Franzi legte behutsam ihre Hand auf den Kopf des Rehs. »Papa und Paul helfen dir. Es tut auch nicht weh, oder, Papa?«
Herr Winkler schüttelte den Kopf. »Ich nähe natürlich mit Betäubung.«
Franzis Handy in ihrer Hosentasche klingelte. Sie blickte fragend in die Runde, ihr Vater nickte ihr zu. »Geh ruhig dran, du kannst jetzt sowieso nichts machen.«
Paul grinste. »Oder willst du mir meinen Praktikumsplatz streitig machen?«
Franzi lächelte und verließ die Praxis. Draußen nahm sie das Gespräch an. Es war Kim. »Franzi, du musst sofort kommen! Wir haben etwas entdeckt!«
»Was denn?«
»Es ist ganz schwer zu beschreiben«, sagte Kim aufgeregt.
»Gut, ich komme.«

Vergiftete Atmosphäre

»Was für ein Glück, dass Mama einen so guten Kirschkuchen gebacken hat und ich noch da war.« Stefan setzte Franzi am Waldrand ab.

»Nur echt schade, dass du mir nichts übrig gelassen hast«, sagte Franzi gespielt vorwurfsvoll und knallte die Autotür zu. Durch das Fenster des Beifahrersitzes winkte sie ihrem Bruder zu. »Bist du morgen auch bei der Demo dabei?«

»Ja, ich schwänze meine Vorlesung. Hoffentlich kann Papa dem Reh helfen.«

Franzi nickte. Sie lief los den Waldweg entlang zu der Stelle, wo sie vor eineinhalb Stunden das Reh gefunden hatte. Kim und Marie kamen ihr aufgeregt entgegen. Marie hielt einen Klarsichtbeutel, den die Detektivinnen immer zum Transport von Beweismaterial dabeihatten, hoch.

Franzi versuchte zu erkennen, was in dem Beutel war. Es schienen verschiedene Wildkräuter und feine Triebe zu sein, die zu einem tennisballgroßen Knäuel verwickelt waren. »Was ist das? Ein missratener Blütenkranz?«

Kim deutete auf das Innere des grünen Knäuels. »Darin sind Kapseln, die wie ein Medikament aussehen.«

Franzi nahm den Beutel in die Hand. Sie hielt ihn sich direkt vor das Gesicht. »Stimmt. Wo habt ihr das Teil denn gefunden?«

»Genau vor dem Zaun«, erklärte Kim.

»Wo Goldie festgesteckt hat?«

Marie lächelte. »Ist das ihr Name?«

Franzi nickte. »Mein Vater hat überlegt, ob sie giftige Pflanzen gefressen hat.« Mit wenigen Schritten war Franzi an der Stelle des Zauns, wo sie Goldie befreit hatten. Sie bog einen Farn beiseite und entdeckte ein weiteres Kräuterknäuel. »Hier ist noch eins.«

Blitzschnell war Kim mit dem Plastikbeutel zur Stelle.

Franzi hob das Fundstück behutsam auf und betrachtete es genau. »Hier ist nur eine Kapsel drin. Und es sieht leicht angefressen aus.« Sie ließ es in die Tüte gleiten. Franzi sah ihre Freundinnen alarmiert an. »Meint ihr, dass das Giftköder sind und jemand Goldie absichtlich vergiften wollte?«

Kim setzte sich auf einen Baumstumpf. »Es sieht danach aus. Aber warum?«

»Ich muss sofort meinem Vater Bescheid sagen.« Franzi lief mit dem Beutel in der Hand los. »Aber hier ist kein Empfang.«

Die drei Detektivinnen sprinteten den Waldweg entlang. Als das Haus von Oma Agnes und Opa Herbert wieder in Sichtweite war, hatte Franzi endlich einen Empfangsbalken auf ih-

rem Telefon. Sie wählte die Nummer ihres Vaters, aber der war nicht erreichbar. »Mist! Ich habe Pauls Nummer nicht.« Als Franzi gerade auflegen wollte, war Paul plötzlich dran. »Ich gebe sie dir gerne«, antwortete er am anderen Ende der Leitung. »Wolltest du wissen, wie es Goldie geht?«
Franzi musste kurz schlucken, dann fiel ihr wieder ein, warum sie angerufen hatte. »Ja, nein, warte, ich muss euch erst etwas Wichtiges sagen. Wir haben da, wo Goldie feststeckte, etwas gefunden, das aussieht wie Giftköder.« Franzi hielt sich die Tüte vor das Gesicht. »Es ist ein kleines Knäuel aus Kräutern, darin stecken Kapseln. In einem der Köder ist eine Kapsel weniger. Und die andere sieht angenagt aus.«
»Kannst du sehen, was das für Kapseln sind?«, fragte Paul.
»Ich kann mir das mal genauer ansehen und melde mich gleich wieder, okay?« Ohne die Antwort abzuwarten, legte Franzi auf und die drei Freundinnen liefen weiter zum Haus.
Franzi ging als Erste durch das Gartentor. Außer den Eseln war niemand zu sehen. Sie steckte ihr Handy ein und sah sich suchend um. »Finn hatte doch vorhin ein Lupenglas, oder?«
»Oma Agnes und Opa Herbert bringen ihn wahrscheinlich gerade nach Hause«, vermutete Marie. »Hoffentlich hat Finn die Lupe hier vergessen.«
Kim lief zum Häuschen. »Hier ist sie, bei dem Stein mit den Kellerasseln.«
»Wow, Kim, woher wusstest du das?«, staunte Marie.
»Ben und Lukas haben früher sämtliche Kellerasseln und Ameisen in unserem Garten in ihre Lupen gesteckt und im

Haus verteilt«, seufzte Kim. »Sogar in meiner Schreibtischschublade.«
Kims zehnjährige Zwillingsbrüder Ben und Lukas trieben die anderen Mitglieder der Familie Jülich ziemlich oft auf die Palme, und Kim besonders dann, wenn sie heimlich ihre Süßigkeitenvorräte plünderten oder versuchten, ihr geheimes Tagebuch zu lesen.
Franzi kippte den Inhalt des Beutels in Finns Lupenglas. »Da sind Buchstaben auf der Kapsel.«
»*Traumadon 500*«, las Kim vor.
Schnell wählte Franzi wieder die Nummer ihres Vaters. Paul war sofort am Apparat. »Die Kapseln heißen *Traumadon 500*«, berichtete sie atemlos.
»Weißt du, ob sie davon gefressen hat?«, fragte Paul.
»Kann ich leider nicht sicher sagen. Ist es sehr giftig?«
»Es klingt nach einem Schlafmittel. Schlafmittel in hohen Dosen führen zu Herz-Kreislauf-Problemen. Oder zu einer Lebervergiftung«, sagte Paul. »Ich muss das schnell deinem Vater sagen. Tschüss.« Paul legte auf.
Franzi steckte ihr Handy weg.
»Und?«, fragte Marie.
»Es kommt wohl auf die Dosis an, die Goldie zu sich genommen hat«, berichtete Franzi. »Wer hat denn da überhaupt diesen Zaun aufgestellt?«
»Und wer legt Giftköder aus?« Kim drehte den Wasserhahn an der Hauswand auf, der für den Gartenschlauch gedacht war, und befüllte ihre Wasserflasche.

Franzi ließ sich Wasser in die Hände laufen und klatschte es sich ins Gesicht. »Wir sollten nach Spuren suchen.«
Als sich alle erfrischt hatten und Franzi auch den Eseln noch mal frisches Wasser gebracht hatte, liefen die Detektivinnen wieder zur Fundstelle.
Franzi entdeckte ein Mädchen, das einige Meter vom Weg entfernt über einen umgefallenen Baum kletterte. »Hallo?!«, rief Franzi ihr zu.
Das Mädchen drehte sich zu ihnen um. »Das ist Johanna, Chrissies Freundin«, stellte Franzi überrascht fest. »Hallo, Johanna!«
»Ach, Franzi, du bist das!« Johanna blieb stehen und winkte.
»Was machst du denn hier?«, wollte Franzi wissen.
»Ich gehe zu den Baumhäusern. Wollt ihr mitkommen?«
Die drei !!! sahen sich verwundert an.
»Was für Baumhäuser?«, raunte Franzi Kim und Marie zu, die ahnungslos mit den Schultern zuckten. »Ja, gerne!«, rief sie in Johannas Richtung.
Die drei Freundinnen bahnten sich einen Weg zu Johanna. »Das sind meine Freundinnen Kim und Marie«, stellte Franzi die beiden vor.
»Hallo, schön, dass ihr mal vorbeikommt, da wird Chrissie sich freuen.« Johanna lächelte. Sie trug eine weite Stoffhose und ein ärmelloses Top, auf dem Rücken hatte sie einen großen Rucksack.
»Chrissie?«, raunte Kim Franzi zu, als sie Johanna hinterherliefen.

Franzi zuckte mit den Schultern. »Da bin ich auch mal gespannt.« Franzi überlegte gerade, ob sie Johanna von dem verletzten Reh erzählen sollten oder ob sie das zum jetzigen Zeitpunkt aus ermittlungstechnischen Gründen lieber für sich behalten sollten, da tippte Kim ihr auf die Schulter und zeigte nach oben.

Franzi entdeckte zwei Baumhäuser, die direkt in die Kronen zweier Buchen gebaut waren und sich mindestens zehn Meter über dem Erdboden befanden. Lange Strickleitern führten hinauf, unter den kleinen Holzhäusern waren Netze gespannt. »Wow! Wohnt da jemand?«

Wie aufs Stichwort erschien ein Kopf an einem der Baumhausfenster. »Franzi?« Es war Chrissie.

»Chrissie?« Franzi war fassungslos. »Was machst du da oben?«

»Was machst du da unten?« Hinter Chrissies Kopf tauchte ein weiterer auf.

»Wir wohnen hier. Wir besetzen den Wald«, erklärte Johanna. »Und verhindern, dass die Rodung morgen beginnen kann. Wusstet ihr das gar nicht?«

»Unsere Familienkommunikation ist zurzeit etwas gestört«, erklärte Franzi.

»Um es milde auszudrücken.« Chrissie war die Leiter heruntergeklettert und umarmte ihre Schwester. Hinter ihr kam ein junger Mann die Leiter herunter, den Franzi auf achtzehn schätzte. »Das ist übrigens Niko, mein Freund.« Chrissie legte ihren Arm um Franzis Schultern. »Und das ist meine kleine

Schwester Franzi mit ihren beiden Freundinnen Kim und Marie.«
»Hallo, freut mich.« Niko lächelte alle an. Seine langen blonden Haare hatte er mit einem Haargummi zusammengebunden.
»Ihr wollt die Rodung also verhindern, indem ihr euch weigert, die Baumhäuser zu verlassen?«, fragte Kim.
»Genau.« Chrissie nickte.
»Wollt ihr euch die Hütten mal von innen ansehen?« Niko machte eine einladende Geste.
»Au ja!« Franzi war sehr sportlich und hatte keine Höhenangst, auch Marie war sofort dabei, aber Kim zögerte. »Ist das wirklich richtig stabil?«
»Klar. Wir übernachten auch darin.« Niko stieg auf die erste Sprosse der Strickleiter. »Ich hab die beiden Häuschen ja nicht umsonst gebaut. Wolfgang Schreiber bekommt uns hier nicht raus.«
»Darüber möchte ich mit euch sprechen.« Franzi hatte gar nicht bemerkt, dass plötzlich ein Mann, den sie auf Ende vierzig schätzte, neben ihnen stand – zusammen mit der Försterin Carolin Grimme. Er trug eine Anzughose und ein aufgeknöpftes weißes Hemd. »Eure Baumhäuser sind illegal. Dieses Gelände befindet sich in meinem Besitz und ich fordere euch auf, die Häuser bis heute Abend zu verlassen.«
»Für Sie bin ich Herr Schwarz. Und wissen Sie was, Herr Schreiber? Das werden wir nicht tun.« Niko kletterte die Strickleiter wieder hoch.

Herr Schreiber schloss genervt die Augen. Dann drehte er sich zu den drei !!!. »Wer seid ihr denn überhaupt?«

»Das ist die Enkelin von dem netten älteren Paar, das jetzt im Buchenkamp 5 lebt«, erklärte Carolin Grimme.

Marie hielt dem Mann die Hand hin. »Ich bin Marie Grevenbroich. Und das sind Kim Jülich und Franziska Winkler.«

»Mein Name ist Schreiber.« Nacheinander schüttelte er die Hände der drei Detektivinnen.

»Sind Sie der Mann, der hier die Bäume roden will, um eine Chemiefirma zu bauen?«, fragte Franzi.

»Ich stelle Medikamente her«, erklärte Herr Schreiber knapp und wandte sich dann wieder an Niko, der mittlerweile oben angekommen war.

»Könntest du bitte wieder herunterkommen? Ich möchte auf Augenhöhe mit euch kommunizieren.«

»Ah, von *Schreiber-Pharma* kommt auch mein Heuschnupfenmittel«, flüsterte Franzi ihren Freundinnen zu.

»Sie müssen zugeben, dass das ein bisschen seltsam ist.« Chrissie begann nun ebenfalls wieder nach oben zu klettern. »Wir versuchen seit Wochen, mit Ihnen zu reden, auf Augenhöhe, aber Sie hören sich unsere Argumente gar nicht an.«

Die drei !!! warfen sich einen besorgten Blick zu. Marie schaltete sich in die Unterhaltung ein. »Warum müssen Sie gerade hier, wo sich seit hunderten von Jahren ein Wald befindet, Ihre Firma bauen?«

»Und dafür in Kauf nehmen, dass viele Tiere ihren Lebensraum verlieren?«, mischte Franzi sich ein.

»Hier leben allein elf geschützte Fledermausarten«, erklärte Niko.
»Weil das der beste Standort ist.« Schreiber zog an einer Elektrozigarette, die an einem dünnen gelben Band an seinem Hals baumelte. »Außerdem stelle ich Medikamente her, die Leben retten. Und die Tiere werden und wurden ordnungsgemäß umgesiedelt.«
»Pfff!«, war Niko oben im Baumhaus zu hören.
»Diese sogenannten Medikamente können Sie ja wohl auch woanders herstellen.« Chrissies Stimme wurde schärfer. Franzi kannte das, denn sie hatte sie in letzter Zeit öfter im Streit mit ihren Eltern so erlebt.
»Und außerdem: So harmlos, wie Sie tun, sind Sie gar nicht«, begann Johanna. »Sie stellen doch auch die Insektizide her, mit denen Frau Grimme hier die Insekten vergiftet.«
»Am Ende stecken Sie noch unter einer Decke?«, rief Niko von oben.
Die Försterin hatte die ganze Zeit still danebengestanden, aber jetzt wollte sie nicht länger schweigen. »Also, ich muss eins klarstellen: Ich liebe diesen Wald. Und am liebsten wäre es mir, wenn die Bäume nicht gefällt werden müssten. Aber ich bin hier nur angestellt. Ich kann das nicht entscheiden. Was ich aber entscheiden musste, war, das Insektizid einzusetzen.«
»Und dass dabei viele unschuldige Insekten draufgehen, die auch für den Ökokreislauf wichtig sind, war Ihnen egal?«, hakte Johanna nach.
»Natürlich nicht!«, sagte Frau Grimme aufgebracht. »Das

Leben ist aber nicht schwarz und weiß. Man muss halt manchmal unbequeme Entscheidungen treffen.«
»Ganz genau. Wir, die *Waldfreunde*, bleiben hier«, sagte Niko entschlossen. »Wir schützen den Wald.«
Franzi beobachtete, dass die Försterin mit sich rang. »Ihr schützt den Wald aber auch nicht, indem ihr Häuser in seine Bäume baut. Und Demonstranten herführt, die mit ihrem Lärm und Müll das Gleichgewicht durcheinanderbringen.« Carolin Grimme ging in die Knie und ließ vertrocknete Tannennadeln durch ihre Finger rieseln. »Außerdem ist durch die lang anhaltende Hitzeperiode alles so trocken, dass die Waldbrandgefahr die höchste Stufe erreicht hat.«
»Wir bleiben trotzdem hier!«, rief Niko und hielt Chrissie, die auf der letzten Sprosse angekommen war, die Hand hin.
»Dann wird mir nichts anderes übrig bleiben, als die Polizei zu rufen«, sagte Schreiber und drehte sich kopfschüttelnd um.
»Tun Sie das!«, sagte Johanna und kletterte ebenfalls ins Baumhaus.
»Ihr solltet euch das wirklich gut überlegen.« Auch Carolin Grimme wandte sich zum Gehen.
»Halt!«, rief Franzi Herrn Schreiber hinterher. »Ich muss Ihnen etwas sagen.«
Aber der Mann hatte bereits sein Handy in der Hand und telefonierte.
»Wollen wir mit Frau Grimme über das Reh sprechen?«, schlug Kim vor, aber Marie schüttelte den Kopf. »Wer weiß, ob wir ihr wirklich vertrauen können?«

Tannennadel im Heuhaufen

»Blasierter Affe!«, zischte Niko Herrn Schreiber hinterher. Aber der schien das nicht zu hören. Mit dem Telefon am Ohr entfernte er sich von den Baumhäusern.
»Deine Schwester und ihr neuer Freund sind ganz schön krass«, flüsterte Kim Franzi zu.
Franzi nickte. Ihr schossen so viele Gedanken gleichzeitig durch den Kopf, dass sie gar nicht wusste, worüber sie zuerst nachdenken sollte.
»Ja, aber die kämpfen auf der guten Seite.« Marie stellte einen Fuß auf die Strickleiter, ruckelte daran und blickte nach oben.
»Wollt ihr hochkommen?«, rief Niko.
»Auf jeden Fall.« Franzi drehte sich zu Kim. »Du auch, oder?«
Kim zögerte. »Ich weiß nicht. Mir ist jetzt schon so heiß. Bis ich da oben bin, koche ich wahrscheinlich. Dann geht das Baumhaus in Flammen auf.«
Franzi prustete los. »Sorry, Kim, aber deine Ausreden waren auch schon mal besser.«

»Komm, du schaffst das«, versuchte Marie Kim zu bearbeiten.
»Halten die Häuser denn unser Gewicht aus?«, fragte Kim.
»Ja, eins hält sechs Personen aus«, rief Niko.
»Na gut.« Kim lächelte gequält. »Vielleicht haben wir von oben noch mal einen ganz anderen Blick auf die Dinge.«
»Genau!« Franzi kletterte als Erste die Strickleiter hoch. Auf der letzten Sprosse angekommen, stützte sie sich mit den Händen auf dem Boden des Baumhauses ab und zog erst das eine, dann das andere Bein nach.
»Willkommen.« Chrissie hockte auf einem Sitzkissen und aß einen Apfel.
Franzi sah sich um. Das Häuschen war von innen mit Brettern ausgekleidet, es gab zwei Fenster, in die sogar Glasscheiben eingesetzt waren.
»Wie hast du das denn alles gebaut?«, staunte Franzi.
»Mein Onkel ist Schreiner. Von dem habe ich mir einiges zeigen lassen. Die Fenster sind die alten Fenster aus der Gartenlaube meines Opas. Ich hab schon als kleiner Junge mit meinem Opa ein Baumhaus in seinem Garten gebaut.« Niko schaute aus dem Fenster. Franzi folgte seinem Blick. Der Wald sah wunderschön aus von hier oben. Franzi hatte ihn noch nie aus der Baumwipfelperspektive betrachtet.
Mittlerweile war auch Marie angekommen. »Oh, ist ja doch geräumiger, als ich dachte.«
Franzi und Chrissie halfen Kim, indem sie ihr die Hände hinstreckten und sie absicherten, als sie von der leicht wackligen

Strickleiter in das Haus kletterte. »Ich fühle mich fast wie ein Eichhörnchen.« Kim schnaufte.
»Die sind übrigens auch bedroht. Sie finden immer weniger Wasser und Nahrung, weil es so heiß ist«, berichtete Johanna. »Genau wie die meisten anderen Tiere.«
Die drei !!! tauschten einen Blick und nickten sich zu.
»Sagt mal«, begann Franzi, »wir haben auf einem Waldweg ein verletztes Reh gefunden, es hatte sich in einem Zaun verfangen und war total dehydriert.«
»Oh nein, und wie geht's ihm jetzt?«, fragte Chrissie.
»Papa und sein neuer Praktikant kümmern sich um Goldie.« Franzi setzte sich im Schneidersitz neben die anderen auf den Boden. »Leider ist uns noch etwas anderes aufgefallen.«
»Auf dem Waldweg waren Giftköder versteckt«, berichtete Marie weiter. »Das waren zusammengebundene Wildkräuter, in denen Kapseln steckten. Mit einem Medikament.«
Niko horchte auf. »Welches Medikament?«
»*Traumadon 500*, ein Schlafmittel.« Kim fächelte sich mit der Hand Luft zu.
»Das ist ein Medikament von *Schreiber-Pharma*«, sagte Niko tonlos. »Oh Mann, wahrscheinlich muss es noch mehr Opfer geben, ehe Schreiber ein Einsehen hat.«
»Wie meinst du das?«, fragte Franzi.
Niko fuhr sich mit der Hand über die Augen. »Ich weiß es auch nicht genau. Aber das stinkt doch alles zum Himmel.«
»Kann Papa schon sagen, ob das Reh von dem Schlafmittel gefressen hat?«, fragte Chrissie.

Franzi wiegte den Kopf hin und her. »Er hat sich noch nicht gemeldet, aber es kann sein. Als er sie untersucht hat, hat er überlegt, ob sie giftige Pflanzen gefressen hat.«
»Zu dem Zeitpunkt wussten wir noch nichts von den Giftködern«, ergänzte Kim.
»Wer um alles in der Welt verteilt denn bitte Giftköder im Wald, die einem Reh schaden sollen?«, fragte Johanna.
»Als wir dich getroffen haben, wollten wir gerade noch mal am Fundort nach Spuren suchen«, berichtete Kim.
»Seid ihr Pfadfinderinnen oder so?«, wollte Niko wissen.
»So ähnlich.« Marie lächelte. »Wir sind Detektivinnen.«
»Oh, krass.« Niko nickte anerkennend.
Franzi zeigte aus einem der beiden Fenster. »Die Reh-Fundstelle war dahinten, oder?«
Kim nickte. »Ich glaube schon.«
Niko kramte eine Landkarte hervor und klappte sie auf. »Hier sind wir. Und von hier bis ...«, er zeigte auf eine Stelle und fuhr mit dem Zeigefinger über das Papier, »... hier soll der Wald gerodet werden. Das sind circa drei Hektar oder umgerechnet ungefähr fünf Fußballfelder.«
»Also bis zu unserer Fundstelle«, stellte Marie fest.
Niko klappte die Karte wieder ein. »Sorry, Leute, aber wir müssen uns noch ein bisschen absprechen. Nachher kommt ein Journalist, der Interviews mit uns führt.«
»Klingt gut.« Rückwärts hockte sich Franzi wieder an die Tür des Baumhauses. »Und wir sollten unbedingt nach Spuren suchen. Die Zeit rast und wer weiß, in welchem Zusammenhang

das alles zueinander steht.« Franzi setzte den ersten Fuß auf die Strickleiter. »Chrissie, ich nehme an, dass Mama und Papa nicht wissen, dass du hier bist?«
Chrissie schüttelte den Kopf. »Du sollst ihnen bitte nichts sagen. Sie denken, dass ich bei Johanna übernachte.«
Seufzend begann Franzi den Abstieg, als sie unten angekommen war, folgte Kim, dann kam Marie. »Ganz schön heftig, was deine Schwester da von dir verlangt.«
»Was genau meinst du?«, hakte Franzi nach.
»Na, dass du nicht sagen darfst, dass sie im Baumhaus wohnt«, erklärte Marie. »Das ist ja auch nicht ungefährlich, so hoch oben in den Ästen zu hängen. Stell dir vor, es gibt einen Orkan oder so.«
»Außerdem hat Schreiber ja mit der Polizei gedroht«, ergänzte Kim.
»Ich muss noch mal mit Chrissie reden.« Franzi stapfte los. »Aber zuerst sollten wir nach Spuren suchen.«
»Bald kennen wir uns hier im Wald besser aus als in unserer eigenen Westentasche«, meinte Kim, nachdem sie eine Weile gelaufen waren.
»Oder als in unserer eigenen Handtasche«, scherzte Marie.
»Na, bei der Auswahl an Lipgloss und Schnickschnack in deiner Tasche ist das ja auch kein Wunder.« Franzi hatte den Blick auf den Boden gerichtet. Sie waren wieder beim Zaun angekommen und Franzi suchte Millimeter für Millimeter den Waldboden ab. Plötzlich stach ihr etwas Gelbes ins Auge, das an einem Brombeerbusch über dem moosigen Boden baumel-

te. Mit einem Satz war sie dort. »Guckt mal. Genauso ein Band hatte doch dieser Wolfgang Schreiber vorhin am Hals.« Vorsichtig nahm Franzi das Band in die Hand.

»Stimmt, daran hing seine Elektrozigarette«, sagte Kim. »Hat er mehrere davon?«

Marie sprach aus, was Franzi gerade dachte. »Meint ihr, er hat das hier verloren, als er die Giftköder mit seinem Medikament darin verteilt hat?«

»Welches Motiv hat er denn? Er will eine Firma bauen, warum sollte er ein Reh vergiften?«, fragte Kim.

»Vielleicht um zu zeigen, dass der Wald gar nicht so toll ist?«, vermutete Marie, schüttelte dann aber den Kopf. »Na ja, das ist ziemlich weit hergeholt.«

»Wir müssen alles in Betracht ziehen.« Franzi sah sich das gelbe Band mit dem Metallverschluss genauer an. »Womöglich will er die Tat irgendjemandem in die Schuhe schieben?«

»Dann wäre es aber äußerst ungeschickt, ein gelbes Zigarettenband am Tatort zu verlieren.« Marie begann, in ihrer Handtasche zu wühlen. »Also in meiner Handtasche sind nur extrem nützliche Utensilien.« Sie hielt einen rosa schimmernden Lippenstift und den dazu passenden Nagellack hoch.

»Extrem wichtig, wenn man im Wald unterwegs ist.« Franzi grinste.

Marie nickte. »Natürlich. Man könnte ja einen verwunschenen Prinzen treffen, der im Wald lebt.«

Kim kicherte. »Träum weiter, Prinzessin.«

»Leider keine Zeit für Tagträume und ich hab auch noch etwas anderes dabei: mein Fingerabdruckset!« Marie fischte ein kleines silbernes Döschen aus ihrer Tasche, in welchem sie Grafitpulver aufbewahrte.

»Sehr praktisch, wenn der Prinz sich als Bösewicht entpuppt«, witzelte Franzi.

Die drei Mädchen mussten lachen, wurden dann aber wieder ernst und begannen mit der Arbeit. Marie schraubte das Döschen mit dem feinen Pulver auf und begann den Metallverschluss einzupinseln. Ein Fingerabdruck wurde sichtbar.

Kim kramte aus ihrem Beutel ein Notizbuch hervor. Während Franzi durchsichtiges Klebeband auf den sichtbar gewordenen Fingerabdruck klebte, blätterte Kim eine leere Seite auf. Franzi zog das Klebeband ab und klebte es in Kims Notizbuch.

»Fingerabdruck gesichert.« Kim klappte das Buch wieder zu und zog einen Plastikbeutel hervor. »Mein letzter. Die Superheldendetektive haben alle verbraucht, als sie meinten, ich hätte ihnen ihre Schokolade gestohlen. Sie haben tausend Beweisstücke konfisziert. Sogar meine Zahnbürste.«

»Und, wer war es?«, fragte Marie neugierig.

Kims Brüder hatten sich selbst zu Superheldendetektiven ernannt und witterten an jeder Ecke das nächste Verbrechen. Dass Familienhund Pablo die Schokolade verbuddelt hatte, musste allerdings Kim aufdecken.

»Pablo hat die Schokolade im Garten vergraben«, berichtete Kim. »Ich hab seine Pfotenabdrücke unter der Tanne entdeckt und gesehen, dass die Erde locker ist.« Kim zeigte auf den Boden. »Guckt mal, da ist auch ein Abdruck.«

Die drei !!! gruppierten sich um Kims Entdeckung. An einer Stelle neben dem Zaun war Erde platt gedrückt, ein Schuhabdruck war erkennbar.
»Tatsächlich.« Franzi beugte sich hinunter. »Könnte von einem Turnschuh sein. Oder von einem Stiefel.«
»Stiefel bei der Hitze?« Kim zog ihr Handy aus der Tasche und machte einige Fotos. »Sieht nach großen Füßen aus.«
»Ich möchte jetzt meine Füße abkühlen und auf großem Fuß leben«, sagte Marie. »Ich lade euch auf einen *LICK* ein.«
LICK war die Abkürzung für *Lomo Iced Choc Kick*, das absolute Lieblingsgetränk der Detektivinnen im Sommer, bestehend aus eisgekühltem Kakao mit Vanilleeis und weißen Schokoraspeln.
»Super! Du kannst Gedanken lesen!«, freute sich Kim.
»Perfekt! Clubtreffen im *Lomo* mit Nahrung fürs Hirn.« Franzi ließ ihren Blick noch mal über den Boden schweifen. »Weitere Hinweise sind auch gerade nicht in Sicht.«
Die drei Detektivinnen verstauten ihr Beweismaterial und machten sich auf den Weg.

»Ich muss unbedingt unter die Palme dahinten.« Kim lief auf einen freien Tisch zu, der neben einem großen Blumentopf mit einer riesigen Palme stand, während Marie bei der Bedienung die Bestellung aufgab.
Kim ließ sich auf ein Korbsofa plumpsen und zog ihr Handy aus der Tasche. »Wisst ihr, wie diese Elektrozigaretten funktionieren?«

»Nee, warum?« Franzi fläzte sich neben sie.
»Wenn der Wald so trocken ist, darf man auf keinen Fall dort rauchen.« Kim vertiefte sich in ihr Handy. »Elektrozigaretten haben Akkus und sind laut Feuerwehr viel sicherer. Sie lösen eher Brände aus, wenn sie zu Hause aufgeladen werden.« Kim las weiter. »Uh, man kann den Rauch sogar mit Mandelduft anreichern.«
Marie setzte sich neben Kim und zog ihre Sandalen aus.
»Wieso riecht es denn plötzlich nach Käsesandwich?«, rief Franzi.
»Iiihhh!« Kim prustete los. »Maries Füße duften nach Mandelmilch mit Honig, wusstest du das nicht?«
»Apropos Milch. Ich muss meinen Vater mal fragen, ob Goldie jetzt etwas getrunken hat.« Franzi zog ebenfalls ihr Handy raus. »Ach, Papa hat eine Nachricht geschickt.« Während sie den Text überflog, stiegen ihr Tränen in die Augen.
»Was ist?«, wollte Kim wissen.
»Jetzt sag schon, Franzi.« Marie legte ihre Hand auf Franzis Arm.
»Es geht ihr schlecht. Sie zeigt starke Vergiftungsanzeichen. Vermutlich hat sie nicht nur eine Kapsel mit dem Schlafmittel gefressen«, sagte Franzi leise. »Mein Vater schreibt, dass er zum jetzigen Zeitpunkt nicht sagen kann, ob sie überleben wird.« Eine Träne lief über Franzis Wange, auf die Nase und zur Nasenspitze.
Im selben Augenblick stellte die Bedienung den *LICK* vor Franzi ab. Ihre Träne tropfte von der Nase auf den Sahneberg.

»Eine Prise Salz hat da schon immer gefehlt«, sagte Marie und nahm ihren *LICK* entgegen.
Franzi musste lächeln. Sie zupfte die Serviette unter dem großen Glas hervor, tupfte die Tränen unter ihren Augen weg und putzte sich die Nase. »Wir müssen die Person finden, die Goldie das angetan hat.«
Kim nahm den ersten Schluck. »Das werden wir!«
»Glaubt ihr, dass Wolfgang Schreiber sein eigenes Medikament als Giftköder auslegt?«, fragte Franzi.
Marie löffelte die fluffige Sahnehaube mit den weißen Schokoraspeln in ihren Mund. »Ich kann mir das nicht vorstellen. Aber könnte es sein, dass er das extra gemacht hat, um es den Waldfreunden in die Schuhe zu schieben?«
»Ist man dann so doof und verliert ein gelbes Band, auch noch sichtbar für alle?«, gab Kim zu bedenken.
»Auch das kann ich mir nicht vorstellen«, meinte Marie. »Vielleicht will jemand von den Waldfreunden ja Schreiber damit schaden? Dieser Jemand vergiftet ein Reh mit Schreibers Medikamenten und platziert Hinweise, die auf Schreiber als Täter hindeuten?«
»Klingt plausibel.« Kim klopfte mit dem langen Eislöffel gegen das Glas.
»Ich habe mir Förster immer ganz anders vorgestellt. Frau Grimme ist echt cool.« Marie trank einen großen Schluck. »Sollten wir nicht auch in Betracht ziehen, dass sie die Täterin sein könnte? Sie ist chemischen Mitteln anscheinend nicht abgeneigt.«

»Ich finde, dass keiner von denen ein wirkliches Motiv für eine so schreckliche Straftat hat.« Franzi sah wieder auf ihr Handy. »Oh, schon ganz schön spät. Ich glaube, ich muss mich mal um Tinka kümmern. Und ich will zu Goldie.«

»Alles klar. Lasst uns morgen versuchen, Fingerabdrücke zu nehmen«, schlug Kim vor. »Herr Schreiber und Frau Grimme werden ja sicher bei der Demo auch vor Ort sein.«

»Guter Plan.« Marie legte das Geld für die *LICKS* plus Trinkgeld auf den Tisch und schlüpfte in ihre Sandalen. »Holger muss heute lernen. Ich fahre jetzt zur Drogerie.«

»Lippenstift kaufen?«, fragte Kim.

»Auch. Ich habe in einer Zeitschrift von Tessa gelesen, dass die meisten Kosmetikartikel Mikroplastik enthalten, sogar Zahnpasta«, berichtete Marie. »Jetzt möchte ich gerne auf Bioprodukte ohne Plastik umstellen.«

»Bringst du mir eine Zahnpasta ohne Mikroplastik mit?«, bat Kim, während sie auf ihr Rad stieg. »Die Zwillinge haben meine Zahnpasta aufgebraucht, als sie Pablos Pfotenabdrücke im Garten auffüllen wollten. Der Gips war alle. Daraus haben sie neulich ihre Hände gegossen. Natürlich in Stinkefingerhaltung.«

Marie prustete los. »Echte Superheldendetektive eben. Ich bringe dir neue Zahnpasta mit.«

Kim hielt den Daumen nach oben. »Meldest du dich, wenn es Neuigkeiten von Goldie gibt, Franzi?«

»Klar.« Franzi fuhr los. »Wir treffen uns dann morgen früh an der Schule.«

Detektivtagebuch von Kim Jülich
Donnerstag, 21:15 Uhr

Die drei !!! haben einen neuen Fall. Ich freue mich zwar, dass wir endlich mal wieder ermitteln können, aber im Moment wäre es mir lieber, wir hätten keinen Fall, denn: Es handelt sich um ein kleines Rehkitz, das in Lebensgefahr schwebt. Franzi hat es heute Nachmittag im Wald gefunden. Goldie (so hat Franzi sie getauft ♥) ist ungefähr doppelt so groß und mindestens genauso süß wie Pablo und steckte mit dem Kopf in einem Drahtzaun. Der Draht hat sich so in ihren Hals gebohrt, dass sie geblutet hat. Wir haben Goldie befreit, aber sie war sehr geschwächt und dehydriert.
Zum Glück kümmert sich jetzt Herr Winkler mit seinem neuen Praktikanten Paul um sie. Wer weiß, seit wann Goldie da schon gefangen war und wie lange sie bei der Hitze (draußen sind auch jetzt immer noch 27 Grad, obwohl es schon nach neun Uhr abends ist) nichts getrunken hatte. Ich frage mich sowieso, wie die Tiere im Wald an Wasser kommen sollen, wenn es gar nicht regnet. Wir Menschen bekommen das Trinkwasser ja frei Haus durch den Wasserhahn geliefert. Zumindest ist das in Europa so. Oder wir können Massen an Plastikflaschen kaufen. Aber Wasserflaschen aus Plastik sind für mich ab jetzt tabu.
Noch mal zum Fall: Als wir die Stelle rund um den Zaun abgesucht haben, haben wir einen unglaublichen Fund gemacht: Jemand hat Giftköder im Wald versteckt. Sie lagen auf dem Boden, genau da, wo wir das Reh gefunden haben. Es waren Wildkräuter, die Rehe besonders gern mögen. Jemand hat sie mit Grashalmen zu kleinen Kugeln zusammengebunden und Kapseln hineingesteckt. Mit Finns Lupe haben wir herausgefunden, dass es sich um ein verschreibungspflichtiges Medikament handelt. Ein Schlafmittel. Es ist nicht ganz sicher, aber vermutlich hat Goldie davon gefressen. Sie zeigt laut Herrn Winkler Anzeichen einer Vergiftung. Wir müssen unbedingt herausfinden, wer die Giftköder ausgelegt hat. Bislang tappen wir im Dunkeln.

Chrissies Freund Niko behauptet, dass Herr Schreiber das war. Mein detektivischer Verstand sagt mir, dass das zu einfach wäre. Das Schlafmittel im Giftköder stammt zwar aus seiner Firma, außerdem haben wir ein gelbes Band am Tatort gefunden (genau dasselbe trägt er um den Hals, da hängt seine E-Zigarette dran), aber: Hätte Schreiber wirklich ein Reh vergiften wollen, hätte er das bestimmt geschickter gemacht. Möchte ihm also jemand die Tat unterjubeln? Wenn ja, wer? Den Waldfreunden traue ich das wirklich nicht zu und die Försterin Carolin Grimme wirkte auf mich eigentlich ziemlich sympathisch. Warum sollte sie ein Reh vergiften wollen?
Unser Plan sieht wie folgt aus: Wir werden morgen versuchen, von Herrn Schreiber, Frau Grimme und den Waldfreunden heimlich Fingerabdrücke zu nehmen. Außerdem müssen wir die Schuhsohlen vergleichen. Vermutlich scheidet Frau Grimme dann aus, denn sie hat sicher nicht so riesige Füße. Wenn es keine Übereinstimmungen gibt, müssen wir nach der Demo noch mal zum Tatort. Aber einen Schritt nach dem anderen ...

Geheimes Tagebuch von Kim Jülich
Donnerstag, 21:40 Uhr

Du weißt, dass du etwas Verbotenes tust, denn dieses Tagebuch ist geheim. Hör sofort auf zu lesen und kümmere dich um wirklich wichtige Dinge. Geh im Wald spazieren, pflanze einen Baum oder sammele Plastik auf!
Meine Mutter ist vielleicht doch gar nicht so uncool, wie ich meistens denke: Als ich nach Hause kam, habe ich erst mal geduscht und im Internet zum Thema Klimawandel recherchiert. Dann gab es Abendessen. Meine Mutter hat sich über Chrissie und die ganzen Schüler aufgeregt, die morgen wieder die Schule schwänzen. Sie meinte, dass einige Schüler sowieso schon schlechte Noten hätten und dass es immer schwerer würde, den verpassten Stoff aufzuholen. Mein Vater hat einfach daneben-

gesessen und sein Wurstbrot gegessen. Irgendwann hat es mir gereicht und ich hab den beiden mal ordentlich meine Meinung gegeigt, und zwar Folgendes:

Wir Schüler demonstrieren nicht nur für die Erhaltung unseres Waldes hier, sondern für die Erhaltung aller Wälder. Die Generation meiner Eltern und die davor sind verantwortlich für den Klimawandel. Aufgrund des unglaublich hohen CO_2-Ausstoßes wird die Erde immer wärmer, und zwar so stark, dass sie für unsere Generation und unsere Kinder ein anderer Ort sein wird. Teile der Erde werden unbewohnbar, das Eis in der Arktis schmilzt, die Meere werden so warm, dass irgendwann kein Leben mehr darin möglich ist. Das alles bedingt und verstärkt sich gegenseitig. Und: Die Permafrostböden tauen auf. (Das sind Böden, die eigentlich das ganze Jahr hindurch gefroren sind. In Sibirien erreicht der Permafrost Tiefen bis zu 1.500 Metern.) Darin ist sehr viel CO_2 gespeichert, das beim Tauen freigesetzt wird.
Wenn Teile der Erde immer heißer werden, wird es immer weniger Wohnraum für Menschen geben, immer weniger Anbauflächen für Nahrungsmittel.
An all dem sind die Menschen schuld. Aber nicht wir Kinder. Wir wehren uns, wir möchten uns später nicht wegen Nahrung und Wohnraum bekriegen müssen.
Und außerdem: Massentierhaltung geht gar nicht. Mal abgesehen davon, dass das grausam ist – Tiere produzieren mit ihren Pupsen auch ziemlich viel CO_2.
Und meine Mutter sagt immer, ich soll zur Schule gehen? Was bringt denn das noch, wenn unsere Zukunft zerstört wird?

Als ich mit meiner kleinen Ansprache fertig war, war ich so überwältigt, dass ich erst mal losgeheult habe.
Ben und Lukas, die vorher die ganze Zeit lautstark ihre Spaghetti eingesaugt haben, waren ganz ruhig und mein Vater hat aufgehört, sein Wurstbrot zu essen.
Ich bin dann in mein Zimmer geflüchtet und hab mich aufs Bett geschmissen und mir

ein Foto von David angeguckt. Mann, ist der süß. Kurz wollte ich versuchen, an unserem Roman weiterzuschreiben, aber dann kam meine Mutter rein und hat sich zu mir aufs Bett gepflanzt. Sie meinte, dass sie sehr beeindruckt von meiner Rede war, genauso wie Papa und Ben und Lukas, die jetzt auch unbedingt demonstrieren wollen. Und dass sie mir und den Zwillingen von jetzt an jeden Freitag eine Entschuldigung schreiben wird. Ich war ziemlich baff und bin es noch. Und ich hoffe, dass Ben und Lukas das nicht ausnutzen.

Eskalation

Die drei !!! trafen sich vor der Schule, auf die Kim und Franzi gingen. Dort war eine kleine Bühne aufgebaut.
»Und? Wie geht es Goldie?«, fragte Kim sofort.
»Ihr Zustand ist unverändert«, berichtete Franzi. »Mein Vater war dagegen, aber ich wollte sie keine Sekunde allein lassen. Paul hatte die Idee, dass wir im Wechsel Nachtwache bei ihr halten.«
»Wie süß!«, seufzte Marie.
»Wir haben in der Praxis übernachtet, und immer wenn Paul Wache hielt, konnte ich auf einer Luftmatratze schlafen.« Franzi räusperte sich. »Aber sag das mal meinem Körper. Immer dann, wenn ich mit Ausruhen an der Reihe war, habe ich es nicht geschafft, die Augen zu schließen.«
»Sondern hast die ganze Zeit Paul angestarrt«, vermutete Marie.
»So ein Quatsch!«, sagte Franzi laut und verdrehte die Augen. »Na ja, er sah schon auch süß aus, als er schlief. Und wisst ihr, was dann passiert ist?«

Kim und Marie schüttelten die Köpfe und sahen Franzi gespannt an.
»Als ich mitten in der Nacht noch versucht habe, im Behandlungszimmer mit Blake zu skypen, bin ich auf dem OP-Tisch eingeschlafen. Paul hat mich einfach schlafen lassen und meine Mutter hat mich erst heute Morgen mit dampfendem Kakao geweckt.«
Marie und Kim mussten kichern und strichen Franzi über den Arm.
»Mann, ich hab ein riesengroßes schlechtes Gewissen; Blake gegenüber, weil ich mitten im Gespräch eingeschlafen bin; und Paul gegenüber, weil er eine Doppelschicht gemacht hat.«
»Ach, das hat er bestimmt gern gemacht«, behauptete Kim.
»Und du sahst sicher auch ganz süß aus, wie du da auf dem Operationstisch geschlafen hast.« Marie lächelte.
»Na ja, ich weiß nicht.« Franzi war froh, dass ihr Vater jetzt wieder auf das Rehkitz aufpasste. Nach einem Turbo-Frühstück und einer Dusche mit Chrissies Bio-Duschgel hatte Franzi sich mit den Demonstrationsplakaten auf den Weg gemacht. Im Bus war sie kurz eingenickt, aber eine Mitschülerin, die ebenfalls ein großes Plakat dabeihatte, hatte sie rechtzeitig aufgeweckt.
»Goldie liegt eigentlich die meiste Zeit nur da und schläft.« Franzi stellte ihr Schild ab und zog ihr Handy hervor. Darauf war ein Foto von Paul, wie er das Reh mit einer Flasche fütterte. »Paul hat es einmal geschafft, sie zum Trinken zu bringen.«
»Wie süß!«, fand Marie.

Franzi merkte, dass sie rot wurde.
Kim sah sie von der Seite an. »Es muss dir nicht peinlich sein, dass du ihn magst.«
»Ja. Aber er ist vier Jahre älter als ich. Und ich habe einen Freund.«
»Also ich finde auch manchmal Typen süß«, sagte Marie und zeigte willkürlich in die Ansammlung von Menschen, die immer größer wurde. »Den zum Beispiel.« Sie zeigte auf einen Jungen mit Zopf, der coole schwarze Skaterturnschuhe trug.
»Ich wusste gar nicht, dass du auf Jungen mit langen Haaren stehst«, sagte Kim überrascht.
Im selben Moment drehte er sich um und die drei Freundinnen merkten, dass es gar kein Junge, sondern ein Mann war, der mindestens Mitte dreißig sein musste. »Ach na ja, der ist doch nicht so mein Fall.«
»In zwanzig Jahren vielleicht«, sagte Kim und grinste.
Franzi zeigte auf ein Plakat, auf dem *Dinosaurier dachten auch, sie hätten Zeit* stand. »Dann haben wir wahrscheinlich andere Probleme.« Sie suchte die Menge ab. Immer mehr Schüler strömten auf den Platz. »Wo ist denn eigentlich Chrissie?«
Kim zeigte zur Bühne. »Guckt mal, sie spricht mit Sebastian. Er schreibt bestimmt einen Artikel für die *Neue Zeitung* über die Demo.«
»Sehr gut«, freute sich Franzi. »Die *Neue Zeitung* hat eine hohe Auflage.«
Kim zog ihr Handy aus der Tasche und hielt es hoch, um Fotos von der Menge zu machen. »Das werden ja immer mehr.«

Der Platz vor der Schule war mittlerweile proppenvoll. Die Schüler schwenkten bunte Plakate. Auch die drei !!! hielten ihre bemalten Pappen in die Luft.
»Guckt mal.« Franzi sah zu ihrer Schwester, die auf der Bühne stand, das Mikro in die Hand nahm und dagegenklopfte. Aus den Lautsprechern kam ein lautes *Plopp.* »Hört ihr mich?«, hallte Chrissies Stimme zu ihnen herüber. Laute Ja-Rufe erfüllten den Platz.
»Hallo, super, dass ihr alle da seid! Um für unsere Zukunft zu demonstrieren!«
Die drei !!! und die anderen Demonstranten jubelten Chrissie zu.
»Echt toll, dass sie das macht!«, rief Kim gegen die Jubelschreie an.
»Nur blöd, dass sie dafür die Deutschklausur verpasst.« Stefan stand auf einmal neben ihnen.
»Echt jetzt?« Franzi sah ihren großen Bruder verblüfft an.
Er zuckte mit den Schultern. »Ja, aber das ist ihre Sache.«
»Wenn sie die nicht schreibt, bleibt sie bestimmt sitzen.« Franzi schüttelte den Kopf. »Das geht nicht. Kommt mit!«
Sie griff Kim am Ärmel und schleifte sie hinter sich her. »Marie, du musst auch mitkommen.«
Zu dritt schlängelten die Freundinnen sich durch die vielen Schüler, bis sie am Bühnenrand angekommen waren. Franzi atmete tief durch, gab Kim ihr Plakat und kletterte dann zu ihrer Schwester auf die Bühne. Ohne zu zögern, schnappte Franzi Chrissie das Mikro weg. »Hallo, ich bin Franzi und

muss meiner Schwester kurz etwas sagen«, begann Franzi und erschrak, wie laut ihr ihre eigene Stimme durch die Lautsprecher entgegenhallte. Etwas leiser fuhr sie fort: »Sie schreibt heute nämlich eine wichtige Klausur.« Chrissie sah Franzi entgeistert an, aber Franzi sprach weiter. »Chrissie, bitte schreib die Klausur. Sitzen bleiben ist ja wohl auch doof. Werde lieber schnell mit der Schule fertig, damit du dich danach noch intensiver um den Umweltschutz kümmern kannst.«

Die Menge jubelte. »Alle, die heute Klausuren schreiben«, Franzi deutete ins Publikum, »schreibt die Klausuren schnell und kommt dann zurück zur Demo. Bis dahin rocken wir anderen das schon, oder?« Franzi sah fragend ins Publikum. Tosender Applaus setzte ein. Kim und Marie hüpften direkt vor der Bühne auf und ab und jubelten begeistert mit.

Chrissie stand einen Moment fassungslos da, fing sich dann aber. Sie nahm Franzi das Mikro ab. »Wahrscheinlich hat meine kleine Schwester recht, oder?«

Lautes Klatschen erfüllte den Platz. Chrissie nahm Franzi in den Arm, gab ihr einen Kuss und hüpfte von der Bühne.

»Viel Glück«, sagte Franzi ins Mikro.

»Danke, dir auch!«, rief Chrissie zurück und lächelte.

Erst jetzt wurde Franzi bewusst, dass sie nun allein auf der Bühne stand. Sie überlegte kurz, ob sie wegrennen sollte, und sah ihre Freundinnen Hilfe suchend an, aber die hielten nur begeistert die Daumen nach oben. Franzi atmete tief durch und begann zu sprechen. »Wir sind heute alle hier, um gegen die Rodung unseres Waldes zu protestieren. Und für unsere Zu-

kunft. Die Zukunft, die uns die Erwachsenen wegnehmen. Indem sie zum Beispiel Wälder abholzen. Bäume nehmen CO_2 auf. Es müssen Bäume gepflanzt, nicht gefällt werden. Wir wollen keine Chemiefirma an einem Ort haben, an dem etliche Tierarten ihren Lebensraum haben und wo Bäume wachsen. Wir wollen die Natur nicht für eine Chemiefirma töten!« Tosender Applaus brandete auf. Aufgewühlt sprach Franzi weiter.
»Menschen brauchen die Natur. Wir leben in ihr. Ohne sie geht es nicht. Wir zerstören unseren eigenen Lebensraum. Und die Erwachsenen denken nur daran, wie sie noch mehr Geld verdienen können. Aber was bringt uns Geld und eine Eins in Mathe, wenn wir irgendwann keinen Lebensraum mehr haben?« Franzi machte eine Pause. Das Publikum applaudierte. Franzi sah, wie ihre Freundinnen pfiffen und klatschten.
»Super, Franzi!«, schrie Kim.
»Wir müssen etwas tun! Nicht nur heute. Sondern ab jetzt jeden Tag! Und zwar zusammen!«
Die Masse jubelte. Franzi war baff. Geballte Energie schlug ihr entgegen.
Niko kletterte zu ihr auf die Bühne. Er hielt seinen Daumen nach oben und übernahm das Mikro. »Vielen Dank, Franzi. So, Leute, wir gehen jetzt durch die Hans-Otto-Straße zum Wald.«
Franzi warf noch einen Blick auf die Demonstranten, die ihre Plakate schwenkten, und sprang von der Bühne, wo sie überschwänglich von Kim und Marie empfangen und umarmt wurde.

»Franzi, das war toll!«, freute sich Kim.
»Ja, finde ich auch.« Sebastian, der Redakteur der *Neuen Zeitung*, stand auf einmal neben den Freundinnen. »Hallo, ihr drei, lange nicht gesehen.«
»Hallo«, begrüßte Kim ihn. »Hast du Chrissie und Niko interviewt?«
»Genau.« Sebastian lächelte Kim an. »Was macht das Schreiben? Dein Artikel über die Bienen war extrem gut.«
»Danke.« Kims Wangen verfärbten sich rosa. »Ich habe auch schon eine Idee für einen neuen Artikel«, sagte Kim. »Ich habe nämlich neulich gelesen, dass Bäume auch miteinander reden.«
»Ist gebongt!« Sebastian freute sich. »Wir sehen uns später. Ich möchte gerne noch einige Fotos machen.« Sebastian verschwand im Getümmel.
Sprechchöre wurden lauter. »Wir sind hier, wir sind laut, weil ihr uns die Zukunft klaut!«
»Super, Kim, und schon hast du wieder einen Schreibauftrag«, freute sich Franzi und dann fiel sie in den Sprechgesang mit ein.
Die drei !!! bemerkten erst jetzt, dass die Demonstranten sich Richtung Straße schoben. Langsam liefen auch sie los. Franzi entdeckte einen Polizisten, der den Verkehr regelte. Weiter hinten befand sich Kommissar Peters, der mit seinen Kollegen den friedlichen Protestzug begleitete.
»Spitze, deine Rede.« Franzi sah überrascht zur Seite. Der Mann mit den coolen Skaterturnschuhen lief neben ihnen.

»Und du hast recht, Bäume kommunizieren miteinander«, sagte er zu Kim. Er hatte kein Plakat dabei.
»Sind Sie Lehrer?«, fragte Kim.
»Nein, ich bin Künstler.« Der dunkelhaarige Mann lächelte. »Wusstet ihr, dass Bäume mithilfe von Pilzen und ihren Wurzeln im Boden miteinander vernetzt sind? Sie können sich sogar vor Gefahren wie Schädlingsbefall warnen.«
»Und was machen sie dann?«, fragte Kim.
»Wenn sie gesund sind, können sie Harz produzieren, um die Schädlinge damit zu ertränken«, erklärte der Mann.
»Aber wenn es zu trocken ist, sind sie geschwächt, und dann funktioniert das nicht?« Kim holte ihre Wasserflasche aus dem Rucksack. Auch jetzt, am Morgen, war es schon wieder sehr heiß.
»Genau.« Der Mann wischte sich eine Haarsträhne aus dem Gesicht, die aus seinem Zopf gerutscht war.
»Ach, da sind ja die drei !!!.« Kommissar Peters kam auf die Freundinnen zu. »Demonstriert ihr oder ermittelt ihr?«
»Beides«, sagte Franzi.
Kommissar Peters sah die drei !!! neugierig an. »Ach, ihr ermittelt?«
Kim und Marie warfen Franzi vorwurfsvolle Blicke zu.
»Im Auftrag der Natur sollten wir doch alle ermitteln, oder?«, ruderte Franzi zurück, hob einen Bierdeckel auf und schnippte ihn in den Mülleimer am Straßenrand. Manchmal war es geschickter, den Kommissar nicht sofort in alles einzuweihen. Er tendierte dazu, die Detektivinnen wie Kleinkinder zu behan-

deln, dabei hatten sie schon oft mit ihm zusammengearbeitet, ihm sogar dabei geholfen, Straftaten aufzuklären.
»Da hast du recht, Franzi.« Kommissar Peters deutete auf den Kaffeebecher, der in seinem Streifenwagen im Becherhalter steckte. »Ich benutze keine Wegwerfbecher mehr.« Im selben Moment war eine Stimme aus Peters' Funkgerät zu vernehmen. »Herr Peters. Bitte kommen. Es gibt Probleme bei den Baumhäusern.« Der Kommissar hechtete zur Fahrertür und griff durch das geöffnete Fenster nach seinem Funkgerät. »Wir kommen. Ende.« Während er in seinen Wagen stieg, winkte er einen Kollegen heran. Peters verabschiedete sich von den drei !!!. »Passt auf euch auf!«
»Eigentlich krass, dass Bäume sich auch miteinander verständigen und keine technischen Geräte dafür benötigen«, fand Marie.
»Über welche Strecken können sie denn miteinander kommunizieren?« Kim drehte sich zu dem Mann mit dem Zopf um, aber er war nicht mehr da. »Wo ist denn der Typ hin, der war doch gerade noch hier?«
Marie sah sich um. »Komisch, wie ein Geist.«
»Wir müssen schnellstens zu den Baumhäusern«, meinte Franzi.
Die drei !!! bahnten sich einen Weg durch die demonstrierenden Schüler.
»Lasst uns die Abkürzung durch den Buchenkamp nehmen«, schlug Marie vor. Die drei !!! sprinteten los.
Maries Großeltern standen in ihrem Garten und beobachteten

das Treiben. Oma Agnes und Opa Herbert hielten ebenfalls ein Plakat in die Höhe. »*Oma und Opa stehen hinter euch*«, las Kim vor. »Danke!«, rief sie Maries Großeltern zu.

Marie hielt ihren Daumen nach oben. Die drei !!! liefen durch den Wald.

»Hier lang, da geht's schneller«, rief Franzi. Sie bogen vom Weg ab und rannten in Richtung der Baumhäuser.

Franzi sah schon von Weitem, dass Kommissar Peters mit seinen Kollegen versuchte, die Demonstranten mit Absperrbändern daran zu hindern, sich von dem Waldweg zu entfernen. Wolfgang Schreiber stand direkt unter den Baumhäusern. Oben saßen Niko und Johanna. Mit einem Megafon in der Hand wandte Niko sich an die Demonstranten. »Wir werden so lange hierbleiben, bis Herr Schreiber uns verspricht, die Bäume stehen zu lassen.«

Die Schüler jubelten und drängten weiter nach vorne. Die Polizei hatte bereits den Bereich um die Baumhäuser mit Absperrband abgesichert.

»Ich will ja auch nicht, dass die Bäume gefällt werden, aber ob das der richtige Weg ist?« Fieberhaft überlegte Franzi, wie man dieses Dilemma lösen könnte.

Sie waren bei den Absperrbändern angekommen. Neben ihnen sprach Frau Grimme mit Kommissar Peters. »Das ist zu viel Stress für die Tiere hier im Wald. Außerdem ist die Waldbrandgefahr sehr hoch.«

»Lasst die Schüler nicht von den Waldwegen runter«, forderte der Kommissar seine Kollegen per Funk auf. »Und auf keinen Fall dürfen sie in die Baumhäuser. Wir wissen ja nicht, wie stabil die sind.«

Die Beamten bildeten eine Front gegen eine Gruppe von Schülern, die sich den Baumhäusern nähern wollte. Peters schnappte sich ein Megafon. »Stopp, Leute, ihr seid zu viele.«

»Wir lassen uns doch nicht verbieten zu demonstrieren!«, rief ein Mädchen und wollte sich zwischen zwei Polizisten durchschlängeln. Die Beamten standen so dicht beieinander, dass sie nicht durchkam.

Ein Junge versuchte das Gleiche, und ehe die drei !!! verstanden, was hier passierte, waren es immer mehr Schüler, die versuchten, sich an den Polizisten vorbeizudrängen.

»Friedlich sieht das nicht aus«, meinte Kim alarmiert.

Verhärtete Fronten

»Lasst uns mal näher rangehen.« Franzi schlängelte sich unter dem rot-weißen Absperrband hindurch.
»Auch Detektivinnen sollten ab hier nicht weitergehen!«, rief Kommissar Peters ihnen zu.
»Meine Schwester wohnt in einem der Baumhäuser«, berichtete Franzi dem Kommissar und winkte Kim und Marie zu sich. Die beiden kamen ebenfalls unter dem Band hindurch. Weitere Schüler folgten.
Franzi sah ihre Freundinnen nervös an. »Und jetzt?«
Die Schüler drängten an ihnen vorbei und begannen die Strickleitern hochzuklettern.
»Oh nein!«, rief Franzi. »So stabil sind die nicht.«
»Was wollen die da oben?«, fragte Kim.
»Stopp!«, rief plötzlich eine sehr laute Männerstimme hinter ihr. Franzi drehte sich um. Da stand wieder der Mann mit dem Zopf. »Ihr dürft da nicht hoch. Das ist zu gefährlich.«
Ein Schüler, der bereits fast oben beim Baumhaus angekommen war, blieb stehen und drehte sich um.

Niko stand am Eingang des Baumhauses und schüttelte ebenfalls den Kopf. »So viel Platz haben wir nicht!«
Der Junge zögerte und kletterte dann wieder herunter. Die anderen Schüler traten ebenfalls den Rückzug an.
»Respekt.« Kommissar Peters stellte sich neben den Mann. »Wie heißen Sie?«
»Georg Gruber«, war die knappe Antwort. Dann rief der Mann erneut in Richtung der Demonstrierenden: »Für den Wald ist es besser, wenn ihr wieder geht.«
»Franzi, kannst du nicht mal mit Chrissie sprechen?«, fragte Kommissar Peters.
»Keine Chance.« Franzi zuckte mit den Schultern. »Sie hat es sich in den Kopf gesetzt und ist nicht aufzuhalten.«
»Vielleicht hat Herr Gruber ja eine Idee«, sagte Herr Peters augenzwinkernd und drehte sich um. »Wo ist er denn jetzt?«
»Komisch«, wunderte sich Franzi, wurde aber von Chrissies plötzlichem Auftauchen neben ihr abgelenkt.
»Hallo, ihr drei. Guten Tag, Herr Peters.« Chrissie nickte ihm zu. Sie gab Franzi einen Kuss auf die Wange. »Danke, dass du mich dazu gebracht hast, die Klausur zu schreiben. Ich hab ein gutes Gefühl.«
»Gerne. Das ging ja schnell.« Franzi sah auf ihre Uhr. »Unglaublich! Wir sind schon zwei Stunden auf der Demo!«
Chrissie lief zur Strickleiter.
»Warte mal«, rief Franzi ihr hinterher, aber Chrissie wollte sie wohl nicht hören. Schnell kletterte sie zu Niko und Johanna.

Wolfgang Schreiber kam auf Herrn Peters zu. »Kann ich mir mal ihr Megafon ausleihen?«

»Klar.«

Wolfgang Schreiber räusperte sich, hielt sich das Megafon vor den Mund und in Richtung der Baumhäuser. »Da freundliche Bitten nichts gebracht haben, fordere ich euch jetzt ein letztes Mal auf, die Baumhäuser zu räumen.«

Alle Anwesenden reckten ihre Köpfe in die Höhe und sahen gespannt zu Chrissie, Niko und Johanna. Chrissie war gerade oben angekommen. Sie schnappte sich das Megafon von Niko. »Das können Sie vergessen.«

Wieder ertönte lauter Jubel unter den Demonstranten. Franzi schätzte, dass es bestimmt dreihundert Schüler waren, und es kamen immer mehr.

Jetzt griff Carolin Grimme nach dem Megafon von Kommissar Peters. »Was ihr hier macht, bringt nichts. Und es schadet unserem Wald. Ihr seid so laut, das erschreckt die Tiere.«

»Was meinen Sie, wie laut das hier erst wäre, wenn die Kettensägen ertönen«, konterte Chrissie.

»Ihr solltet trotzdem besser gehen.« Die Försterin ließ das Megafon sinken.

Franzi entdeckte ein riesiges Fahrzeug, das weiter hinten auf dem Waldweg stand. »Guckt mal, das ist bestimmt so eine Rodungsmaschine.«

»Sieht aus wie eine Mischung aus Raumschiff und Traktor«, meinte Kim.

Wolfgang Schreiber schnappte sich wieder das Megafon. »Solltet ihr nicht unverzüglich die Baumhäuser räumen, werde ich die Polizei einschalten.«

Jetzt kam Kommissar Peters dazu. Franzi versuchte zu verstehen, was der Kommissar mit Schreiber besprach, aber um sie herum war es zu wuselig und laut.

Schreiber atmete tief durch. »Die Häuser werden geräumt. Ich besorge einen richterlichen Beschluss.«

»Was bedeutet das jetzt?«, wollte Kim wissen.

Marie zuckte mit den Schultern.

»Dass deine Schwester und ihre Freunde Zeit gewonnen haben«, sagte Carolin Grimme. »Einen richterlichen Beschluss bekommt man nicht einfach so.«

Wolfgang Schreiber kam auf Frau Grimme zu. »Wir werden trotzdem morgen mit der Rodung starten, und zwar in dem Teilstück hinter den Baumhäusern.« Er zeigte auf die Rodungsmaschine, die ähnlich wie ein Traktor mit langem Anhänger aussah. Auf dem Vorderteil saß ein Kranarm, an dessen Ende sich eine Säge befand. »Die Miete für den Holzvollernter kostet mich einfach zu viel Geld.«

»Alles klar.« Die Försterin nickte müde.

Franzi stupste Kim und Marie von der Seite an. »Wir brauchen doch noch die Fingerabdrücke«, raunte sie den beiden zu.

»Haben Sie mal einen Kugelschreiber, Herr Schreiber?«, fragte Marie daraufhin.

Entgeistert sah Schreiber Marie an, fischte dann aber einen Stift aus seiner Hosentasche und gab ihn Marie.

»Super, danke, ich gebe ihn gleich zurück.« Umständlich be-

gann Marie, in ihrem Beutel zu wühlen. »Wo ist denn mein Notizbuch?«
»Ach, behalt ihn.« Schreiber ging zu Kommissar Peters.
Marie ließ den Kugelschreiber unauffällig in eine Plastiktüte gleiten und verstaute sie in ihrem Beutel.
Die Försterin massierte ihre Schläfen. »Wenn ich überlege, wie viele Tiere zu Schaden kommen. Ich versuche schon seit Wochen, die Fledermäuse umzusiedeln. Außerdem habe ich an den Stellen, wo Bäume wegen des Borkenkäfers gerodet werden mussten, kleine neue Bäume gepflanzt. Ich möchte dort einen Mischwald anlegen.«
»Warum einen Mischwald?«, fragte Franzi. »Meinen Sie damit viele unterschiedliche Baumarten?«
Die Försterin nickte. »Ganz genau. Die Baumarten ergänzen sich gegenseitig und sind so besser mit Wasser und Nährstoffen versorgt. Das wiederum macht sie widerstandsfähiger gegen Trockenheit und Schädlinge. Aber die Rehe fressen mir die ganzen jungen Triebe weg.« Frau Grimme zog ein kleines Etui aus ihrer Tasche und entnahm eine Tablette, die sie mit einem Schluck Wasser runterspülte. »Alles ist aus dem Gleichgewicht.«
»Haben Sie deshalb Zäune aufgestellt? Damit die Rehe die Triebe der jungen Bäume nicht fressen?« Franzi zog ihr Handy aus der Tasche und öffnete das Foto von Goldie. »Dieses Reh haben wir gestern im Wald gefunden. Es hatte sich in einem Zaun verfangen und war dehydriert.« Franzi drückte Frau Grimme das Handy in die Hand.

»Das ist ja unglaublich. Ich dachte, der Zaun wäre so engmaschig, dass da kein Reh durchkommt.« Carolin Grimme hielt Franzis Handy in der Hand und starrte auf das Bild. »Was habt ihr mit dem Kitz gemacht?«

»Mein Vater ist Tierarzt, Doktor Winkler. Er kümmert sich zusammen mit seinem Praktikanten Tag und Nacht um Goldie«, berichtete Franzi und steckte ihr Handy wieder ein.

»Das ist toll von deinem Vater.« Die Försterin erhob sich. »Richte ihm bitte meinen Dank aus.« Carolin Grimme verabschiedete sich von den drei !!!. »Ich werde jetzt noch mal einen Gang durch den Wald machen, wo die Rodung morgen starten soll, und sehen, ob ich noch Nester oder Ähnliches übersehen habe.« Die Försterin verschwand.

»So richtig werde ich nicht schlau aus ihr«, überlegte Franzi. »Sie macht sich Sorgen um die Tiere, aber die Rehe sind ihr ein Dorn im Auge.«

Kim zeigte auf die Demonstranten, die nach und nach den Rückzug antraten. »Hier passiert nichts Neues mehr, oder?«

»Glaube ich auch«, sagte Marie.

»Dann beraume ich hiermit eine Clubbesprechung an. Wir müssen Fingerabdrücke von dem Kugelschreiber und Franzis Handy sichern.« Kim setzte sich in Bewegung. »Kommt ihr?«

Franzi sah zum Baumhaus hoch. Chrissie, Niko und Johanna waren nicht zu sehen. »Gut, ich muss auch unbedingt wissen, wie es Goldie geht.«

Sabotage?

Franzi öffnete die Tür. Warme Luft kam ihr entgegen. »Puh, ist das heiß hier!«

Das geheime Hauptquartier der Detektivinnen, in dem sie ihre Detektivausrüstung und Beweisstücke lagerten, befand sich auf dem Winklerhof in einem alten Pferdestall.

Franzi entriegelte eins der alten Fenster, um Luft hereinzulassen. Sie erschrak, als Paul plötzlich davorstand. »A-a-a-alles klar mit Goldie?«, brachte sie stotternd hervor.

Paul legte den Kopf schräg. »Sie schläft. Vorhin war sie mal wach und hat gefiept. So wie Rehkitze und Ricken es tun, wenn sie einander suchen.«

»Oh nein, die Arme«, sagte Marie traurig.

»Wie ist Goldies Gesundheitszustand?«, wollte Franzi wissen.

»Unverändert.« Pauls Stimme klang heiser.

»Willst du nicht mal nach Hause und dich ausruhen?«, schlug Kim vor.

»Ja, mach das. Wir halten die Stellung.« Franzi gähnte und

Paul fiel mit ein. »Wir müssen nur noch kurz etwas besprechen, dann lösen wir dich ab«, sagte Marie und zog den Stift von Wolfgang Schreiber hervor.
»Alles klar.« Paul wollte gehen, drehte sich aber noch einmal um. »Was macht ihr hier eigentlich?«
»Ihm können wir es sagen, oder?« Kim sah Franzi und Marie an. Beide nickten.
»Wir sind Detektivinnen«, erklärte Kim. »Wir versuchen herauszufinden, wer Goldie das angetan hat.«
»Wow«, staunte Paul. »Und? Habt ihr schon eine Spur?«
»Leider unterliegen unsere Ermittlungen der Geheimhaltung«, sagte Kim bedauernd.
»Das verstehe ich.« Paul winkte den drei !!! durchs Fenster zu und verschwand wieder Richtung Tierarztpraxis.
Franzi sah ihm nach. Als sie merkte, dass Kim und Marie sie grinsend beobachteten, wurde sie sauer. »Warum guckt ihr mich so an? Können wir jetzt mal endlich die Fingerabdrücke überprüfen?«
»Schon in Arbeit, Chef.« Kim lachte und nahm den Schlüssel für den Rollschrank, der unter dem Schreibtisch der drei !!! stand, aus einer kleinen Dose. Sie schloss die oberste Schublade auf und holte Grafitpulver und einen kleinen Pinsel daraus hervor. Marie setzte sich zu ihr und zog dünne Plastikhandschuhe an. Vorsichtig begann sie, Franzis Handy und den Kugelschreiber einzupinseln.
Franzi wühlte in der Schreibtischschublade herum. »Wo ist denn das blöde Klebeband?«

»Hier.« Mit einem Griff hatte Marie es in der Hand.
»Franzi, du musst dich mal ausruhen, das ist alles gerade etwas viel.« Kim strich Franzi liebevoll über den Arm. »Deine Schwester, das Reh, Paul, der Wald und der Schlafmangel ...«
Franzi merkte, wie ihr Tränen in die Augen stiegen. »Kann sein.«
Marie zupfte ein Taschentuch aus ihrem Beutel.
Franzi putzte sich die Nase. Dann starrte sie auf die sichtbar gewordenen Fingerabdrücke. Kim holte ihr Notizbuch hervor und schlug die Seite auf, auf die sie die Fingerabdrücke von der Handykette geklebt hatten. Mit dem durchsichtigen Klebeband heftete Marie die Fingerabdrücke von Carolin Grimme, die sie von Franzis Handy genommen hatten, daneben. »Keine Übereinstimmung«, stellte sie fest. »Obwohl sie ja ein Motiv hätte.«
»Meint ihr, sie wollte das Reh vergiften, um die Bäume zu schützen?«, überlegte Marie. »Aber warum sollte sie es dann auch noch Schreiber in die Schuhe schieben?«
»Na ja, so hätte sie zwei Fliegen mit einer Klappe geschlagen. Reh weg und Schreiber zum Kriminellen gemacht und dadurch vielleicht die Rodung verhindert«, überlegte Franzi.
»Ich finde, dass das etwas weit hergeholt ist.« Gespannt beobachteten Kim und Franzi, wie Marie nun die Abdrücke, die auf dem Kugelschreiber waren, danebenklebte.
Franzi warf das Taschentuch in den Papierkorb unter dem Tisch. »Nein, die passen nicht.«
»Gut.« Marie schraubte das Döschen mit dem Grafitpulver

zu. »Jetzt wissen wir ziemlich sicher, dass Herr Schreiber nichts mit den Giftködern zu tun hat.«

»Und Frau Grimme auch nicht«, sagte Kim entschieden.

»Mist.« Franzi ließ sich auf das alte Sofa plumpsen. Eine kleine Staubwolke wirbelte auf. »Hatschi!« Franzis Niesen ging in ein Gähnen über.

Marie verstaute das Fingerabdruckset wieder in der Schreibtischschublade.

»Auch wenn wir total im Dunkeln tappen«, murmelte Franzi mit geschlossenen Augen, »eine Sache ist klar: Irgendjemand hat Goldie vergiftet, um es Schreiber in die Schuhe zu schieben.« Franzi versuchte, ihre Augen wieder zu öffnen, aber die Lider waren zu schwer. Sie dämmerte weg.

Franzi hörte lautes Fiepen und schreckte hoch. Oder war es ein Schnarchen gewesen? Sie rieb sich die Augen. Draußen war Vollmond. Franzi merkte, dass sie in ihrem Bett lag, und zog sich das Bettlaken, unter dem sie im Sommer schlief, bis unter das Kinn. Das Schnarchen wurde lauter. Überrascht spähte sie unter ihrem Sommerlaken hervor. Auf dem Boden schlummerten Kim und Marie. Franzi blinzelte auf ihr Handy. Es war halb vier nachts. Sie nahm einen Schluck Wasser. Langsam fiel ihr wieder ein, dass ihre Freundinnen sie vorhin noch einmal geweckt hatten, sie dann ins Haus gegangen waren, wo ihre Mutter Abendessen gekocht hatte. Franzi war aber so müde gewesen, dass sie sich gleich hingelegt hatte. Sie hatte gedacht, dass sie sich nach einem kurzen Schläfchen noch zum Essen dazugesellen könnte, aber das hatte wohl nicht geklappt. Und anscheinend hatten Kim und Marie dann entschieden, bei ihr zu schlafen.

Franzi fragte sich, ob Kim und Marie ihren Eltern von Chrissie erzählt hatten, und sie machte sich Sorgen um Goldie.

»Alles ist gut«, wisperte Kim. »Kannst du auch nicht schlafen? Marie sägt im Schlaf ja mal wieder einen ganzen Wald ab.«

»Nein.« Franzi brannte eine Frage auf der Seele. »Weißt du, wer bei Goldie ist?«

»Dein Vater. Er hat sich nach dem Abendessen ausgeruht«, flüsterte Kim. »Marie und ich haben in der Zeit auf sie aufgepasst. Sie hat die ganze Zeit geschlafen.«

Franzi atmete auf.

Kim nahm noch einen Schluck Wasser und legte sich wieder hin. Kurze Zeit später hörte Franzi ihren gleichmäßigen Atem. Franzi wälzte sich hin und her und hörte den Vögeln zu, die mit Anbruch der Morgendämmerung anfingen zu zwitschern. Irgendwann schlief sie ein.

Als sie wieder aufwachte, war es bereits hell.

Kim schlief noch, aber Maries Matratze war leer. Franzi hörte, wie die Tür aufging, und sofort erfüllte ein frischer Zitrusduft den Raum. »Guten Morgen«, flötete Marie. »Ausgeschlafen?«

Franzi streckte sich. »Ja. Guten Morgen.« Sie schnupperte. »Was riecht denn hier so gut?«

»Meine neue Bodylotion ohne Erdöl und Mikroplastik.« Marie kramte eine kleine grüne Flasche hervor. »Und die Verpackung ist immerhin aus recyceltem Plastik.«
»Danke übrigens für die plastikfreie Zahnpasta«, nuschelte Kim schlaftrunken. »Guten Morgen. Franzi, kann ich zuerst duschen?«
»Klar. Ich schreibe in der Zeit schnell an Blake.«
Franzi griff nach ihrem Handy und beobachtete, wie Kim Maries Bodylotion aus deren Kulturbeutel stibitzte, ehe sie im Bad verschwand.
»Zitronenfalter haben fünf Augen und sehen alles«, rief Marie ihr hinterher und lachte.

Dreißig Minuten später kamen die drei !!! eingehüllt in eine Zitruswolke in die Küche. Hier duftete es nach frischen Croissants. Franzi fühlte sich jetzt viel besser als gestern, die zwölf Stunden Schlaf und Maries Zitronencreme hatten sie wieder zuversichtlich gemacht. Das Buttercroissant, das sie sich aus dem Korb nahm, war das i-Tüpfelchen. Die drei Mädchen setzten sich voller Vorfreude an den reich gedeckten Frühstückstisch.
Kim schnupperte an einem Croissant. »Fantastisch.«
»Ja, meine Mutter macht die besten Croissants. Das müssen wir ihr unbedingt mal sagen.« Lächelnd biss Franzi in ihr Croissant.
»Und wann hattest du vor, deiner Mutter zu erzählen, dass Chrissie in einem Baumhaus lebt und dort durch richterlichen

Beschluss entfernt werden soll?« Frau Winkler war unbemerkt durch die Küchentür gekommen. Ihre Haare waren zerzaust und Franzi merkte, dass die Sorgenfalte zwischen ihren Augenbrauen heute besonders tief aussah.
»Jetzt. Ich wollte es dir jetzt erzählen.« Franzi schluckte den Bissen herunter. »Wir wissen es auch erst seit Kurzem.«
Marie verteilte einen Löffel Erdbeermarmelade auf ihrem Croissant. »Franzi war so fertig, dass sie nur noch schlafen konnte.«
Franzis Mutter rutschte neben ihre Tochter auf die Eckbank. »Möchte jemand eisgekühlten Kakao mit Vanilleeis?« Sie hielt eine Karaffe hoch.
»Ich!«, riefen die Freundinnen gleichzeitig.
Frau Winkler goss das sahnige Getränk in Gläser und nahm sich selbst auch eins. »Ich verstehe einfach nicht, warum Chrissie nicht mehr ansprechbar ist.« Sie trank einen großen Schluck. »Ihr vielleicht?«
Franzi zuckte mit den Schultern. »Vermutlich fühlt sie sich nicht verstanden.«
»Ja, so wird es sein.« Frau Winkler stand wieder auf. »Wollt ihr noch Vanillequark mit frischen Erdbeeren?«
»Sehr gerne.« Kim strahlte. »Vielen Dank.«
»Oh ja, ich liebe Erdbeeren.« Marie zwirbelte ihre blonden Haare mit einem Haargummi zu einem Knoten auf dem Kopf.

Nachdem das Luxus-Frühstück à la Frau Winkler beendet war, liefen die Mädchen über den Hof Richtung Tierarztpraxis und

stießen beinahe mit Carolin Grimme zusammen, die gerade angeradelt kam. »Also bin ich hier richtig. Hallo, ihr drei.«
»Hallo, Frau Grimme.« Franzi wollte der Försterin die Hand geben, da kam Polly angehinkt und gackerte aufgeregt. Sie nahm das Huhn auf den Arm. »Alles gut, Polly, das ist Frau Grimme, die tut keinem Federvieh etwas zuleide.«
Die Försterin lächelte. »Wenn ich ein Huhn wäre, würde ich auch hier leben wollen.« Sie lehnte ihr Rad an die Mauer.
»Kommen Sie wegen Chrissie?«, wollte Kim wissen.
»Hat sie irgendwas gemacht?«, fragte Franzi besorgt.
»Nein, mit Chrissie hat das nichts zu tun. Ich möchte wissen, wie es Goldie geht.«
»Mein Vater kümmert sich gerade um sie.« Franzi zeigte zu den drei Stufen, die hinunter in die Tierarztpraxis führten. »Wir wollten auch gerade nachsehen.«
Gemeinsam mit Frau Grimme liefen die drei !!! die Stufen hinunter. Franzi öffnete die Tür. Ihr Vater saß mit müden Augen am Empfang.
»Hallo, Papa, das ist Frau Grimme. Sie ist die Försterin und möchte gern wissen, wie es Goldie geht«, erklärte Franzi.
Herr Winkler stand auf und reichte Frau Grimme die Hand. »Es geht ihr den Umständen entsprechend, aber sie ist noch nicht über den Berg.« Er öffnete die Tür zum Behandlungszimmer. Das Rehkitz lag auf einer Decke auf dem Boden und hob leicht den Kopf an.
Franzi kniete sich neben Goldie und streichelte ihr über das Fell.

»Sie scheint dir zu vertrauen, Franzi«, sagte Carolin Grimme. »Ich werde mich nicht nähern. Es ist ja auch großer Stress für menschenscheue Tiere.«

»Haben Sie eine Ahnung, wer …«, begann Herr Winkler, wurde aber von dem Klingeln eines Handys unterbrochen.

»Entschuldigen Sie mich bitte.« Frau Grimme entfernte sich ein paar Schritte und nahm den Anruf entgegen.

»Papa, kommt Paul heute?« Franzi sah ihren Vater besorgt an. »Du musst dich doch auch mal hinlegen.«

Herr Winkler nickte.

Frau Grimme beendete ihr Telefonat. »Ich finde es ganz toll, dass das Kitz bei Ihnen in so guten Händen ist. Leider hat mich gerade der nächste Notruf ereilt.«

»Was ist passiert?«, fragte Kim.

»Der Holzvollernter.« Die Försterin rieb sich über die Schläfe. »Jemand hat anscheinend das falsche Benzin hineingekippt und jetzt qualmt der Motor. Mein Waldarbeiter Malte hat mich informiert. Die Rodung kann nicht wie geplant losgehen. Vermutlich Motortotalschaden. Schreiber kocht«, berichtete Frau Grimme aufgeregt. »Was wollten Sie mich fragen, Herr Winkler?«

»Das erzählen wir Ihnen auf dem Weg in den Wald«, entschied Franzi schnell.

Zusammen mit der Försterin kamen die drei !!! kurze Zeit später im Wald an. Wolfgang Schreiber stand mit Malte an der riesigen Forstmaschine.

Als er Frau Grimme und die drei !!! entdeckte, sprudelte der Ärger nur so aus ihm heraus. »Die kleinen Biester. Dass sie so weit gehen und teure Maschinen beschädigen …«

»Wen meinen Sie denn genau?«, erkundigte sich Franzi.

»Deine Schwester, ihren langhaarigen Freund und dieses andere Mädchen. Das ist Sabotage!«

»Ich gebe zu, dass die Waldfreunde ein Motiv hätten«, begann Marie diplomatisch, »aber was sie hier machen, ist Verleumdung.«

»Stimmt. Es gibt keinerlei Beweise, dass die Waldfreunde etwas damit zu tun haben«, schaltete Kim sich ein.

Frau Grimmes Handy klingelte.

»Sie haben hier Empfang?«, staunte Marie.

»Ja, aber nur ein Anbieter hat hier Netz.« Carolin Grimme nahm den Anruf entgegen und entfernte sich ein Stück.

Franzi überlegte fieberhaft. Auch sie war dagegen, dass die Bäume gerodet wurden, aber natürlich mussten sich auch Umweltschützer an Regeln halten. Hoffentlich hatte ihre Schwester nichts damit zu tun! Das musste sie jetzt herausfinden und im Idealfall Chrissies Unschuld beweisen.

»Die Schuldigen werden zur Rechenschaft gezogen«, zürnte Herr Schreiber.

Die drei !!! tauschten einen Blick und nickten sich zu. Franzi begann in ihrem Beutel zu kramen. »Herr Schreiber, wir würden Ihnen gern bei der Suche nach dem Schuldigen behilflich sein.«

Marie war schneller. Mit einem Griff in die Seitentasche ihres

Beutels hatte sie ein silbernes Döschen hervorgezaubert. »Wir sind Detektivinnen.« Sie klappte das Behältnis auf und überreichte Herrn Schreiber eine Visitenkarte.

Schreiber betrachtete die Karte. »Aha. Ihr seid echte Detektivinnen?«
Kim nickte. »Wir haben bereits über achtzig Fälle erfolgreich gelöst. Im In- und Ausland.«
»In der Stadt und auf dem Land«, ergänzte Franzi.
Wolfgang Schreiber zögerte. »Könnt ihr denn objektiv sein, wenn deine Schwester da mit drinhängt?«
»Keine Sorge, wir sind sehr professionell«, erklärte Kim selbstbewusst.
»Ich glaube nicht, dass meine Schwester etwas damit zu tun hat, aber wenn doch, würde das an meinen Prinzipien als Detektivin nichts ändern«, erklärte Franzi und sah Schreiber offen an.

Rache

»Gut. Meinetwegen. Aber begebt euch unter keinen Umständen in Gefahr.« Wolfgang Schreiber ließ die Visitenkarte der drei !!! in seiner Hemdtasche verschwinden. »Ich werde auch Kommissar Peters verständigen.«
»Das ist richtig und gut«, bestätigte Kim. »Tun Sie das.«
»Ich würde Ihnen gern noch eine Frage stellen«, begann Franzi. Sie holte ihr Handy aus der Tasche, öffnete ein Foto, das sie von den Giftködern gemacht hatte, und hielt es Schreiber vor die Nase. »Diese Zweig- und Kräuterknäuel hat jemand hergestellt und darin etwas versteckt. Können Sie mir sagen, was das ist?«
Schreiber streckte den Kopf vor und kniff die Augen zusammen. »Nein. Sag du es mir.«
»Darin befanden sich Kapseln von *Traumadon 500*«, berichtete Marie.
»Wir haben sie dahinten auf einem Waldweg gefunden.« Kim zeigte in Richtung Fundstelle. »In der Nähe eines Zaunes. Ein Rehkitz hat davon gefressen.«

»Was?« Herr Schreiber wurde blass. »Was ist mit dem Tier?«
»Mein Vater ist Tierarzt. Er kümmert sich um das Reh, kann aber noch nicht sagen, ob es überlebt.« Franzi merkte, wie ihr wieder Tränen in die Augen stiegen.
»Ich muss mal kurz weg. Weiter nördlich wurden wieder Borkenkäfer gesichtet«, seufzte Carolin Grimme. »In spätestens einer Stunde bin ich wieder da.« Sie verabschiedete sich.
Franzi tupfte die Tränen unter ihrem Auge mit einem Taschentuch weg.
»Außerdem haben wir am Tatort diese Schnur gefunden.« Marie kramte aus ihrem Jutebeutel eine Plastiktüte, in der die drei !!! das gelbe Band gesichert hatten.
»Das gibt es doch nicht!« Schreibers Gesicht verfärbte sich rot. Er fasste sich an das gelbe Band an seinem Hals und nahm einen tiefen Zug von seiner Elektrozigarette. »Da will mir jemand anhängen, dass ich ein Tier vergiftet habe? Das geht zu weit!« Er zog sein Handy aus der Hosentasche. »Ich informiere jetzt Kommissar Peters.«
»Einen Moment noch. Wir wissen, dass Sie das nicht waren«, erklärte Kim und holte ihr Notizbuch aus der Tasche. Sie klappte es auf und deutete auf die Fingerabdrücke. »Die haben wir von Ihrem Kugelschreiber genommen.«
Marie zeigte auf die Fingerabdrücke, die sie von dem Metallverschluss des gelben Bandes genommen hatten. »Und das müssten die des Täters sein.«
»Ihr seid ja gewieft.« Schreiber staunte. »Von wem ist der dritte Fingerabdruck?«

»Von Frau Grimme. Aber sie war es auch nicht«, informierte Franzi den Firmenchef. »Wir haben ihr gerade erst von den Giftködern berichtet und sie hat auch keine Idee, wer das gewesen sein könnte.«
»Das hätte mich aber auch sehr gewundert.« Schreiber schüttelte den Kopf. »Im Prinzip ist es doch glasklar, wer das war.«
»Ach ja?«, fragte Marie überrascht.
Franzi ahnte schon, was jetzt kommen würde. »Sie denken, es waren die Waldfreunde, die Ihnen diese Straftat unterjubeln wollen?«
»Genau. Das liegt so was von auf der Hand.« Schreiber warf vernichtende Blicke in Richtung der Baumhäuser.
»Das wäre aber sehr offensichtlich.« Kim schüttelte den Kopf. »Erstens würden die Waldfreunde keinem Tier schaden, und zweitens wissen wir aus unserer Erfahrung, dass es in den seltensten Fällen so ist, wie es scheint.«
»Ich will jetzt mal hören, was Kommissar Peters mir rät.« Wolfgang Schreiber tippte auf seinem Handy herum. »Mist! Kein Empfang!« Er lief den Waldweg entlang und entfernte sich.
Franzi ging auf die Rodungsmaschine zu. »Los, lasst uns Fingerabdrücke nehmen.«
»Meinen könnt ihr auch haben«, sagte Malte, der gerade aus dem Führerhäuschen sprang. »Ich hab mitbekommen, dass ihr Detektivinnen seid.«
Franzi holte ein kleines Stempelkissen aus der Seitentasche ihres Beutels und ließ Malte seinen Zeigefinger daraufdrücken.

Während Marie ihr Fingerabdruckset zückte und Kim schon das Notizbuch und Klebeband bereithatte, zeigte Franzi, wo Malte seinen Finger hindrücken sollte.

Kim erkannte sofort, dass Malte unschuldig war. »Danke, aber Ihr Abdruck stimmt mit denen auf dem gelben Band nicht überein.«

»Gut, dann werde ich mich jetzt um die Setzlinge kümmern.« Der Waldarbeiter schulterte seinen Rucksack.

»Eine Frage noch: Ist Ihnen irgendwas aufgefallen?«, wollte Franzi wissen.

»Leider nicht, aber sagt doch bitte *du* zu mir.«

»Meldest du dich, falls dir noch etwas einfällt?« Marie zog das silberne Döschen mit den Visitenkarten heraus und gab Malte eine.

»Mach ich.« Der Waldarbeiter steckte die Karte in die Hosentasche und lief los.

»Er war es ganz sicher nicht.« Kim klebte die sichtbar gewordenen Abdrücke fein säuberlich auf und klappte das Notizbuch zu.

Franzi lief die paar Meter zu den Baumhäusern und sah, dass die Strickleiter hochgezogen war. »Chrissie?«, rief sie.

Nikos Kopf erschien an der Tür. »Franzi, Chrissie will gerade nicht. Deine Mutter war heute Morgen hier und die beiden haben sich gestritten.« Niko verschwand wieder und Franzi entschied, nicht weiter nachzuhaken.

Sie holte ihr Handy aus der Tasche und lief zurück zu Kim und Marie. »Ich mache schnell Fotos von dem Boden rund um die

Maschine. Dann können wir später gucken, ob wir da Fußspuren entdecken.«

»Wollen wir noch mal mit Frau Grimme sprechen?«, schlug Marie vor. »Sie ist doch immer im Wald unterwegs. Vielleicht ist ihr ja irgendwas aufgefallen?«

Kim klappte ihr Notizbuch zu. »Ja, das klingt gut.«

»Hoffentlich finden wir sie.« Franzi steckte ihr Handy wieder ein. »Meine Mutter ist sauer, weil ich ihr nicht rechtzeitig von Chrissies Baumhausbesetzung erzählt habe, und meine Schwester ist sauer, weil ich es gemacht habe.« Sie kickte gegen einen Tannenzapfen. »Die spinnen!«

»Eigentlich weiß ich gar nicht, ob ich Wolfgang Schreiber überhaupt helfen soll.« Marie stapfte los. »Wir wollen ja auch, dass der Wald nicht gerodet wird.«

»Stimmt.« Kim steckte ihr Notizbuch in den Beutel und marschierte hinter Marie her. »Aber auch Umweltschützer müssen sich an Regeln halten.«

»Und was ist, wenn die Regeln total blöd und widersinnig sind?« Franzi blinzelte durch die vertrockneten Blätter einer Buche in den wolkenlosen Himmel. »Es ist echt vertrackt.«

»Guckt mal, dahinten ist Frau Grimme.« Unvermittelt zog Marie ihre beiden Freundinnen hinter einen dicken Baumstamm.

Franzi lugte am Stamm vorbei. »Was macht sie denn da?«

Kim wühlte ein kleines Fernglas aus ihrem Beutel. »Sieht so aus, als hätte sie Giftköder in der Hand.«

»Gib mal her!« Franzi schnappte sich das Fernglas und sah

hindurch. »Stimmt. Sie hat einen Giftköder in der Hand und guckt sich so komisch um.« Franzi reichte das Fernglas an Marie weiter.
Marie stellte es scharf. »Ich sehe es auch. Aber: Wir sollten keine voreiligen Schlüsse ziehen.«
Franzi lief los. »Komm. Wir fragen sie einfach.«
»Ach, hallo, ihr drei.« Frau Grimme stand auf. In der Hand hielt sie zwei Kräuterknäule, die bereits vertrocknet waren. »Schaut mal, was ich gefunden hab: Giftköder.« Sie reichte Franzi einen. »Sehen die so aus wie die, die ihr gefunden habt?«
Franzi zog die Stängel der Kräuter ein wenig auseinander. »Ja, hier sind auch Kapseln drin. Von so einem hat Goldie gefressen.«
Die Försterin schaute sich einen großen Haufen aus Tannennadeln an. »Wer weiß, wie viele Köder hier noch verteilt wurden!«
Kim sah, dass es in dem Haufen wie wild krabbelte. »Ist das ein Ameisenhaufen?«
Frau Grimme nickte. »Ameisen sind so interessant. Sie fressen tote Tiere und Schädlinge und lockern den Waldboden auf. Alles für die Gemeinschaft.«
»Nicht so wie bei uns Menschen«, stellte Franzi fest. »Da macht ja leider jeder, was er will.«
»Wir sind übrigens Detektivinnen«, erklärte Marie.
Die Försterin legte den Kopf schräg. »Ach, das ist ja spannend.«
»Wer könnte Ihnen und Herrn Schreiber schaden wollen?«, fragte Marie.

»Mir fällt einfach niemand ein.« Frau Grimme seufzte.
»Jeder Hinweis hilft«, sagte Marie. »Die Ereignisse überschlagen sich ja – vielleicht haben Sie irgendetwas übersehen?«
Die Försterin schüttelte den Kopf. »Nein, ich glaube nicht. So schade, dass Herr Schwarz nicht mehr lebt. Er hätte gewusst, was zu tun ist, um den Wald zu retten.«
»Schwarz?« Kim kräuselte die Stirn. »Ist der verwandt mit Niko Schwarz, dem Freund von Franzis Schwester?«
Frau Grimme klopfte liebevoll gegen einen Baumstamm. »Genau. Das war sein Opa. Er war hier über dreißig Jahre lang Förster. Er hat mich eingelernt.«
»Ach. Echt?« Franzi war überrascht. »Und wann ist er verstorben?«
»Vor zwei Jahren.« Die Försterin befühlte die Rinde des Baumes. »Er hatte ein so gutes Herz. Unsere Bäume wussten das.«
»Schade, dass wir die Bäume nicht fragen können, obwohl sie durch ihre Wurzeln besser vernetzt sind als wir«, sagte Franzi.
»Der Typ gestern wusste ja auch sehr viel über Bäume. Komisch, dass er gleich zwei Mal plötzlich weg war«, meinte Kim.
»Wie ein Geist. Ich hätte ihn gern noch ein bisschen was zum Thema Bäume gefragt.«
»Was für ein Typ?«, fragte Carolin Grimme.
»Der Mann, der gestern den Wald vor den Massen an Schülern schützen wollte. Wie hieß der noch mal?« Marie überlegte, dann fiel es ihr ein. »Georg Gruber. Wir haben ihn schon auf der Demo kennengelernt und er hat uns etwas über Bäume erzählt«, berichtete Marie.

»Er hatte einen Zopf und trug dunkle Klamotten«, beschrieb Kim ihn.
»Ach ja, ich erinnere mich.« Carolin Grimme überlegte. »Er kam mir auch irgendwie bekannt vor. Aber ich weiß nicht, woher.«
»Ist doch jetzt egal.« Marie zog Kim am Ärmel. »Frau Grimme, wir helfen Ihnen.«
»Ich finde es nicht egal«, murrte Kim. »Der Mann könnte mir wertvolle Informationen für meinen Artikel liefern.«
»Ja, aber jetzt müssen wir unbedingt schauen, ob wir noch mehr Giftköder finden.« Den Blick auf den Boden gerichtet, ging Marie los.

»Ich habe noch nie so viele vertrocknete Blätter, Stöcke, Tannennadeln, Waldameisen und Moos an einem Tag gesehen.« Mit zerzaustem Haar saß Kim im *Lomo* auf einem Liegestuhl im Schatten und schlürfte einen *LICK*. »Nächstes Mal sollten wir Waldmeisterbrause bestellen.«
»Waldmeisterbrause für Waldmeister. Das gefällt mir.« Franzi strubbelte Kim über den Kopf.
»Hey!« Lachend versuchte Kim, ihre Haare mit den Händen wieder zu glätten.
»Gut, dass wir keine weiteren Giftköder gefunden haben.« Marie löffelte die Schokoraspeln von ihrem *LICK*. »Ich muss sagen, der Wald ist echt toll. Ist mir früher gar nicht aufgefallen.«
»Da hattest du halt andere Sachen im Kopf.« Kim stellte ihr

Glas zurück und lehnte sich nach hinten. »Wie Hausaufgaben und so.«
Marie prustete los. »Hausaufgaben hatte ich noch nie im Kopf.«
Kim grinste. »Ich weiß.«
»Anderes Thema.« Franzi holte ihr Handy aus der Tasche und öffnete die Fotos, die sie von den Fußspuren gemacht hatte. »Carolin Grimme können wir als Täterin ausschließen, oder?«
»Ja.« Kim holte ihr Notizbuch aus ihrem Beutel und klappte die Seite mit den Fingerabdrücken auf. Während sie sich in die Abdrücke vertiefte, betrachtete Franzi ihre Handyfotos genau.
»Ich glaube«, Kim hielt die Luft an und atmete dann aufgeregt aus, »dieser Fingerabdruck von der Motorhaube der Rodungsmaschine ist mit dem vom gelben Band identisch.«
Marie riss ihr das Buch aus der Hand und starrte auf die Fingerabdrücke. »Tatsächlich!«
»Ich habe auch was entdeckt.« Franzi zoomte mit ihren Fingern in das Bild. »An der Rodungsmaschine gab es auch Fußspuren, die denen an der Giftköderfundstelle ähneln. Im Vergleich zu den anderen sind sie ganz schön groß.« Sie hielt das Handy hoch. »Und sie sehen nach Turnschuhen aus.«
»Wir suchen also nach jemandem, der sehr große Füße hat«, Kim tippte mit dem Zeigefinger in das Notizbuch, »und diesen Fingerabdruck.«
»Chrissie ist es nicht.« Franzi atmete erleichtert aus.
»Dachtest du das?«, fragte Kim überrascht.

»Nein, eigentlich nicht.« Franzi lehnte sich zurück und blinzelte in den wolkenlosen Himmel. »Ich habe nicht auf Nikos Füße geachtet, ihr?«
Marie musste grinsen. »Auf Füße achte ich eigentlich nie.«
»Riesengroß waren sie nicht. Und Turnschuhe hat ja fast jeder an.« Kim trank einen großen Schluck. »Über Niko wissen wir nicht viel. Es ist ja zum Beispiel sehr interessant, dass sein Opa Förster war.«
»Vielleicht fühlt er sich deshalb so verbunden mit dem Wald, weil er ihn kennt, seit er klein ist«, überlegte Franzi.
»Ich hab eine Idee.« Kim stand auf. »Lasst uns das Interview nachlesen, das Sebastian mit Niko und Chrissie geführt hat.«
»Aber es ist doch noch gar nicht gedruckt«, wandte Marie ein.
Triumphierend zog Kim eine Karte aus ihrem Portemonnaie.
»Die hat Sebastian mir gegeben.«
»Seine Kreditkarte wird es nicht sein. Was ist es also?«, fragte Franzi gespannt.
»In der Zeitungsredaktion gibt es ein neues Schließsystem. Mit der Karte komme ich in die Redaktion. Also auch ins Archiv.« Kim wühlte einen Zehneuroschein aus ihrem Geldbeutel. »Jetzt lade ich euch mal ein.«
»Danke!« Franzi sprang auf. »Dann ab in die Redaktion!«

Bei der Redaktion angekommen, schoben die drei !!! ihre Räder in den Ständer und schlossen sie mit Franzis Schloss zusammen. Kim lief die Treppen hinauf und zupfte die Magnetkarte wieder aus ihrer Geldbörse. Sie zog sie durch einen Schlitz in der

Tür. Es machte klick und Kim konnte die Tür aufdrücken. Die drei !!! betraten das klimatisierte Büro.
»Wie angenehm«, fand Kim. Einige Redakteure saßen in dem Großraumbüro und waren in ihre Bildschirme vertieft. Ein Mann mit einer Glatze tippte rasend schnell auf seiner Tastatur.
»So schnell möchte ich auch schreiben können«, flüsterte Kim.
»Dann schaffst du zwei Krimis pro Tag«, raunte Marie ihr zu.
»Da macht mein Gehirn nicht mit.« Kim zeigte auf einen Stehtisch, auf dem ein großer Flachbildschirm mit einer Tastatur stand. »Der Computer ist für alle Redakteure zugänglich. Im internen Netzwerk wird alles gespeichert, was je in der *Neuen Zeitung* erschienen ist, auch Texte, die vielleicht gerade geschrieben werden oder noch veröffentlich werden sollen.« Kim sah sich um, aber niemand nahm Notiz von den Detektivinnen. Schnell tippte sie auf der Tastatur los. »Mist«, wisperte sie. »Die haben das Passwort geändert.«
»Kannst du nicht einfach Sebastian fragen?«, schlug Franzi vor.
»Vielleicht. Aber er hat mit dem Archiv das andere Archiv gemeint. Da sind nur die bereits erschienen Artikel drin«, erklärte Kim. »Und er soll ja auch nicht wissen, dass ich meinen neuen Auftrag ausnutze, um an Informationen für unseren Detektivclub zu kommen. Außerdem sind Artikel, die noch nicht erschienen sind, manchmal sehr brisant, und dann ist es heikel, wenn sie in die falschen Hände gelangen.«
»Hallo, Kim.« Eine junge Frau kam auf sie zu. Sie trug eine Jeans und ein schwarzes T-Shirt und hatte einen Zopf. Franzi

schätzte sie auf Anfang dreißig. »Sebastian hat schon erzählt, dass du mal wieder was schreibst. Über den Wald?«

Kim nickte. »Das sind Marie und Franzi, meine Freundinnen. Das ist Julia. Sie war Volontärin und ist jetzt übernommen worden«, stellte Kim ihre Freundinnen und die Redakteurin einander vor. »Ich möchte nur schnell recherchieren, welche Artikel schon alle zum Thema erschienen sind.« Kim zeigte auf den Redaktionscomputer. »Gibt es ein neues Passwort?«

Julia nickte. »Aber das kann ich dir nicht geben. Geh doch zum Archivcomputer.«

»Wo befindet der sich denn?«, fragte Franzi.

»Im Praktikantenbüro, aber das weiß Kim.«

»Ach, das kleine Büro, in dem du mal Platzangst bekommen hast?«, schaltete Marie schnell. »Kim hat in letzter Zeit öfter Platzangst. Seit ihre Brüder sie mal auf dem Dachboden eingesperrt haben und sie dann dort vergessen haben.«

Kim wurde rot im Gesicht. Sie verzog einen Mundwinkel nach oben und nickte schüchtern. Franzi merkte, dass das definitiv kein Schauspiel war und dass Kim eher so reagierte, weil ihr diese Flunkerei unangenehm war, aber es schien zu funktionieren.

»Kim, das tut mir leid.« Julia strich Kim mitfühlend über den Arm. »Ich gebe das Passwort hier für dich ein, okay?«

»Danke, das ist lieb.« Kim versuchte zu lächeln, aber als Julia sich wegdrehte, um auf der Tastatur das Passwort einzugeben, warf sie Marie einen strafenden Blick zu. Die zuckte mit den Schultern und deutete auf den Bildschirm, wo nun ein Suchfenster zu sehen war.

»Ich hoffe, du findest etwas.« Julia lächelte erst Kim und dann Franzi und Marie zu und verschwand durch eine Tür.
»Marie, das war oberpeinlich«, zischte Kim.
»Aber du hast doch wirklich Platzangst«, wandte Marie ein.
»Außerdem diente es den Ermittlungen.«
Kim atmete genervt aus und gab den Namen *Niko Schwarz* in die Suchmaske ein. Und tatsächlich erschien das noch nicht veröffentlichte Interview mit Chrissie und Niko auf dem Bildschirm.
Kim scrollte durch den Text.
»Stopp!«, flüsterte Franzi.
Kim hielt inne.
Leise las Franzi vor: *»Mein Großvater war über dreißig Jahre lang Förster in diesem Wald. Er hätte die Rodung niemals zugelassen. Die Bäume waren so etwas wie seine Familie. Und dann wurde er krank, und ausgerechnet Wolfgang Schreiber hat ihn überredet, an einer angeblich harmlosen Medikamenten-Studie teilzunehmen. Manchmal frage ich mich, ob Schreiber meinen Großvater damit getötet hat. Um ihn aus dem Weg zu schaffen …«*
Die drei !!! hielten den Atem an, mussten aber fassungslos nach einigen Sekunden ausatmen und dabei aufpassen, nicht zu sehr aufzufallen.
Kim sprach als Erste aus, was alle dachten. »Niko hat ein Motiv.«
»Und zwar Rache«, ergänzte Franzi.

Spurensuche

»Lies weiter«, sagte Marie leise.

»*Opa hatte Krebs. Er hat eine Chemo gemacht. Als er eine zweite machen sollte, weigerte er sich. Da kam Herr Schreiber um die Ecke. Er hat meinem Opa Hoffnungen gemacht, dass sein Leben sich mit dem neuen Medikament noch verlängern könnte, aber dem war nicht so.*« Franzi hielt inne und sah ihre Freundinnen an. »Also für mich hört sich das nicht danach an, dass Wolfgang Schreiber schuldig ist.«

»Ich finde es sehr schwer, mir da ein Urteil zu erlauben«, flüsterte Kim. »Wir wissen ja gar nicht, worum es sich bei der Medikamentenstudie handelt.«

»Hallo, Sebastian!«, schallte Julias Stimme in diesem Augenblick durch die Redaktion.

Kim erschrak. »Er soll nicht wissen, dass wir den Artikel gelesen haben«, raunte sie ihren Freundinnen zu.

Schnell klickte Franzi auf das Kreuz und schloss den Artikel. Kim machte einen Seitsprung zur Kaffeeküche, wo sie sich ein Glas Wasser eingoss. »Waldmeister ist übrigens nicht nur göttlich in Götterspeise, er ist auch ein Heilkraut und angeblich gut gegen Migräne«, begann sie zu fachsimpeln. »Ach, hallo, Sebastian«, sagte Kim gespielt überrascht.

»Hallo, ihr drei.« Der Zeitungsredakteur schnappte sich eine Cappuccino-Tasse aus dem Küchenschrank und stellte sie in den Kaffeeautomaten. »Kim, du bist ja auch schon eine richtige Waldmeisterin, was?«

Sebastian schien nicht bemerkt zu haben, dass die drei Detektivinnen heimlich das Interview mit Niko gelesen hatten.

»Ich freue mich auf deinen Artikel. Warst du im Archiv? Hast du schon mit dem Schreiben angefangen?« Sebastian nahm ein Stück Würfelzucker und ließ es in seine Tasse gleiten.

»Nein, äh, ja.« Kim blickte Marie Hilfe suchend an.

»Kim hatte gerade eine gute Idee, und wir wollten schnell los, damit sie sie aufschreiben kann«, erklärte Marie, ohne mit der Wimper zu zucken.

»Genau, ich will, äh, muss jetzt los«, haspelte Kim und winkte Sebastian zu. »Tschüss.«

Detektivtagebuch von Kim Jülich
Samstag, 14:30 Uhr

Jetzt wird es heiß. Na ja, es ist schon heiß, aber ich meine unseren Fall. Wir haben eine ganz heiße Spur. Und die führt zu Chrissies Freund Niko. Eigentlich trauen wir es ihm nicht zu, dass er Giftköder im Wald verteilt, aber er hat ein sehr starkes Motiv, und zwar Rache an Wolfgang Schreiber. Unsere heimlichen Recherchen in der Zeitungsredaktion (das war oberpeinlich!!! Erst die Behauptung, dass ich so starke

Platzangst habe, dass ich noch nicht mal in den Archivraum kann, und dann mein bescheuertes Ablenkungsmanöver mit dem „Waldmeister-Wissen") haben ergeben, dass Niko Wolfgang Schreiber verdächtigt, seinen Opa mit Medikamenten aus einer Studie aus dem Weg geräumt zu haben. Denn Niko ist wohl fest davon überzeugt, dass sein Opa die Rodung verhindert hätte. Das ist natürlich ein schwerer Vorwurf, dem wir nachgehen müssen. Im Internet habe ich nichts zu der Studie gefunden.
Wir sind gleich im Wald verabredet, um Niko auf den Zahn zu fühlen und seine Finger- und Fußabdrücke zu überprüfen.

Geheimes Tagebuch von Kim Jülich
Samstag, 14:40 Uhr

Höchste Geheimhaltungsstufe! Wer trotzdem weiterliest, wird in ein kleines Hexenhaus mitten im Wald gesperrt. Und nehmt euch in Acht. Der Wolf liegt schon auf der Lauer ...
Ich habe eigentlich keine Zeit, aber eins muss ich kurz loswerden:
Wenn wir den Fall gelöst haben, möchte ich unbedingt mit David waldbaden. In Japan gilt Waldbaden als Medizin. Und neue Studien haben herausgefunden, dass man glücklicher und gesünder ist, wenn man sich eine Stunde am Tag im Wald aufhält. Bestimmt hat man dann auch die besten Ideen und vielleicht können David und ich uns dort ein schönes Ende für unseren Fantasy-Krimi ausdenken. Es wäre fantastisch, wenn die Geschichte mal ein Buch werden würde. Woraus werden Bücher eigentlich hergestellt, wenn es kein Holz mehr gibt? Wenn wir kein Papier mehr haben, lesen wir dann nur noch auf elektronischen Lesegeräten? Bis uns die Luft ausgeht?
Wir müssen handeln. Alle!!! Ich würde jetzt am liebsten alle Bäume retten, auf der ganzen Welt, aber das geht natürlich nicht. Im Kleinen kann man aber auch schon etwas tun! Und deshalb muss ich jetzt los.

Marie kniete im Erdbeerbeet und steckte sich gerade eine blutrote Erdbeere in den Mund, als Franzi und Kim ankamen. »Wie geht's Goldie?«

»Als ich da war, hat sie wieder nur geschlafen, aber laut Papa und Paul geht es ihr angeblich etwas besser.« Franzi sah sich um. »Wo sind denn deine Großeltern?«

Marie stand auf. »Im Haus, die Hitze macht ihnen zu schaffen.«

Kim lehnte ihr Rad von außen an den Zaun und kam durch das Gartentor. »Leider hab ich im Internet nichts zu einer Medikamentenstudie bei *Schreiber-Pharma* gefunden.«

Franzi kaute auf ihrer Unterlippe herum. »Ich habe versucht, Chrissie anzurufen, aber sie hat natürlich auch keinen Empfang.«

»Wir müssen mit ihr reden«, sagte Marie entschlossen.

»Meint ihr, sie weiß nicht, dass Nikos Opa an dieser Studie teilgenommen hat?«, fragte Franzi.

»Wahrscheinlich nicht.« Kim trank ihre Wasserflasche in einem Zug aus. »Sonst müsste ihr das alles doch auch sehr verdächtig vorkommen, oder?«

»Wie lange kennen die beiden sich eigentlich?«, fragte Marie.

Franzi zuckte mit den Schultern. »Ich weiß es nicht. Nicht so lange.«

»Oder kann es sein, dass Chrissie Bescheid weiß und die beiden unter einer Decke stecken?«, warf Kim ein.

Franzi schloss die Augen und atmete aus. »Hoffentlich nicht!«

Marie hielt Kim und Franzi eine weiße Flasche hin. »Zeckenspray. Ich hatte vorhin eine am Bein. Oma Agnes hat sie mit einer Zeckenzange entfernt und Opa Herbert hat erzählt, dass es in diesem Jahr aufgrund der hohen Temperaturen viele geben soll.«

Franzi nahm das Spray und sprühte ihre Arme und Beine ein. »Ich möchte es jetzt hinter mich bringen und mit Chrissie reden.« Sie gab Kim das Spray.

Gründlich sprühte die sich ein.

Auf dem Weg zu den Baumhäusern schwiegen die Detektivinnen. Franzi wusste, dass es nicht leicht werden würde, mit ihrer Schwester zu sprechen. Schließlich war Chrissie auch noch sauer auf Franzi, weil sie ihren Eltern von Chrissies Aufenthaltsort berichtet hatte. Außerdem wollte Franzi einfach nicht glauben, dass ihre Schwester da mit drinhing. Sie versuchte, sich mit dem Gedanken an etwas Schönes abzulenken. Aber statt daran zu denken, dass Blake in ein paar Wochen wiederkommen würde, kreisten ihre Gedanken nur um Paul. Er hatte so süß Goldies Kopf gestreichelt, als Franzi gerade auf dem Winklerhof gewesen war. Außerdem hatte er ihr erzählt, dass er eine Wasserschildkröte als Haustier hatte, die er vor vielen Jahren mal aus einem Spanienurlaub mitgebracht hatte. Sie konnte nicht tauchen, war blind und hing nur an der Wasseroberfläche. Franzi tat die Schildkröte leid, aber Paul hatte sie Luke Skywalker getauft und berichtet, dass es der Schildkröte nicht schlecht ginge, denn sie wüsste ja gar nicht, was sie alles verpasse. Franzi fragte sich, ob das für Menschen auch galt. Würden sie die Wälder irgendwann gar nicht mehr vermissen, weil sie sie nicht kannten? Wie anpassungsfähig war der Mensch? War Leben ohne Wälder überhaupt möglich? Franzi glaubte nicht daran. Sie wusste, dass das Verschwinden der Wälder eine riesige Katastrophe für das Klima war.

»Was willst du denn schon wieder hier?« Chrissies Stimme riss Franzi aus ihren Gedanken. Sie sprang gerade von der untersten Sprosse der Strickleiter und Niko kam mit einer Mülltüte in der Hand hinterher.

»Und was macht ihr? Räumt ihr etwa die Baumhäuser?«, fragte Marie neugierig.

»Nein, ich hole Wasser.« Niko knotete die Mülltüte zu. »Wie geht es dem Reh?«

»Es geht ihm ein bisschen besser, aber der Zustand ist immer noch kritisch.«

»Ich drücke die Daumen. Lass bitte niemanden in unser Eigenheim, Chrissie.« Mit einem Kuss verabschiedete Niko sich von Chrissie und marschierte los.

»Ermittelt ihr etwa auch im Fall der beschädigten Rodungsmaschine?«, fragte Chrissie.

»Genau. Hast du eine Ahnung, wer dahinterstecken könnte?«, fragte Marie. »Immerhin hat das Ganze ja quasi vor eurer Baumhaustür stattgefunden.«

»Ich hab keinen Schimmer.« Chrissie schüttelte den Kopf. »Aber wer es auch immer war, ihm haben wir zu verdanken, dass die Bäume noch stehen.«

»Ich schreibe einen Artikel über den Wald«, begann Kim und wurde von Chrissie unterbrochen. »Super, Kim.«

Kim räusperte sich. »Ja, ich habe einen Zugang zum Archiv und habe das Interview mit Niko gelesen.«
»Aha. Und?« Chrissie schnappte sich einen Tannenzapfen.
»Er hat berichtet, dass sein Opa Krebs hatte«, begann Franzi.
»Ja, ich weiß. Und er war Förster in diesem Wald.« Chrissie warf den Zapfen mit einer Hand hoch und fing ihn wieder auf.
»Weißt du auch, dass der Opa an einer angeblich harmlosen Medikamentenstudie teilgenommen hat? Von *Schreiber-Pharma*? Und dass Niko jetzt denkt, dass Wolfgang Schreiber seinen Opa damit umgebracht hat, um ihn aus dem Weg zu schaffen? Weil der Opa Förster mit Leib und Seele war und die Rodung der Bäume aus Nikos Sicht verhindert hätte?«
»Nein, das wusste ich nicht.« Chrissie setzte sich wieder auf den Baumstumpf.
»Wir denken, dass er ein Motiv für die Straftaten hat, und zwar Rache«, sagte Marie.
Chrissie blieb der Mund offen stehen. Franzi konnte das Rattern im Gehirn ihrer Schwester förmlich hören. Eine Weile sagte niemand etwas, dann stand Chrissie auf, feuerte den Tannenzapfen auf den Boden und ging zur Leiter. »Ich glaube nicht, dass er es war. Aber ich muss jetzt nachdenken. Lasst mich bitte in Ruhe.«
»Chrissie, eine Frage habe ich noch.« Franzi zog ihr Handy hervor und drückte eine Nachricht weg, die sie bekommen haben musste, als sie noch Empfang hatte. Mit ein paar Klicks suchte sie auf dem Display das Foto von den Schuhabdrücken hervor. »Könnten die Abdrücke von Niko sein?«

Chrissie starrte auf das Handydisplay. »Ich glaube nicht.« Schnell kletterte Chrissie die Strickleiter hoch.
Die drei !!! sahen sich ratlos an.
»Und jetzt?« Während Franzi das fragte, fiel ihr wieder ein, dass sie eine ungelesene Nachricht hatte. Sie öffnete sie. »Paul hat geschrieben.« Franzi überflog den Text und erstarrte.
»Was ist?«, fragte Marie.
»Goldie«, brachte Franzi hervor. »Ihr Zustand hat sich verschlechtert. Sie quält sich wohl nur noch.« Franzis Augen füllten sich mit Tränen. »Mein Vater überlegt, sie einzuschläfern.«
»Was?« Marie erstarrte.
»Aber es ging ihr doch besser?« Kim schüttelte den Kopf. »Das ist ja furchtbar!«
Franzi blinzelte. Zwei dicke Tränen kullerten ihre Wangen herunter. »Ich fahre hin.« Sie lief los, aber Kim schrie: »Halt! Du hast was vergessen.«
Franzi blieb stehen und überlegte kurz, aber als Marie ihr zuzwinkerte wusste sie, was gemeint war. Sie lief ein paar Schritte zurück und streckte den Arm aus.
Marie und Kim legten ihre Hände auf Franzis Hand. »Die drei !!!«, riefen alle drei im Chor. Franzi sagte: »Eins!«, Kim »Zwei!« und Marie »Drei!«. Dann warfen sie die Arme in die Luft und riefen: »Power!!!«
Auf den Powerspruch war Verlass. Jedes Mal, wenn die drei !!! ihn durchführten, merkten sie die positiven Auswirkungen sofort.

Franzi wischte sich die Tränen weg. »Goldie muss es schaffen.«
Auch Kim hatte der Spruch gutgetan. »Sie wird es schaffen.«
»Wir suchen hier weiter nach Spuren«, schlug Marie vor.
»Gut, ich komme später wieder dazu.« Franzi stürmte los.

Jede Sekunde zählt

Als Franzi auf dem Winklerhof ankam, herrschte dort Totenstille. Die Fenster der Backstube ihrer Mutter waren geschlossen, Polly war nicht zu sehen und ihr Pony Tinka lag schlafend auf der Pferdekoppel im Schatten einer alten Linde. Franzi hängte ihren Helm an den Lenker.

Sie lief die Stufen zur Praxis ihres Vaters hinunter und betrat den Vorraum. Hier war es etwas kühler als draußen und ebenfalls sehr still. Langsam ging Franzi in das Behandlungszimmer, in dem Goldie vor zwei Stunden noch geschlafen hatte. Paul saß neben dem Rehkitz und strich über sein Fell. Franzis Vater wühlte in seinem Medikamentenschrank. Goldie lag regungslos da. Franzi stockte der Atem. »Ist sie etwa …?«

Herr Winkler drehte sich zu seiner Tochter. »Wir haben ihr die Spritze noch nicht gegeben, aber es sieht schlecht aus, Franzi. Weil ihr Körper so geschwächt ist von dem Gift und der Dehydrierung, funktionieren ihre Abwehrkräfte nicht gut. Ihre Wunde hat sich infiziert, trotz Antibiotika. Ich vermute, dass sie eine Blutvergiftung hat.«

Paul sah Franzi traurig an. »Sie hat wahrscheinlich Schmerzen.«
»Kann man ihr keine Schmerzmittel geben?« Franzi musterte ihren Vater aufgelöst. »Oder ein Mittel gegen die Vergiftung?«
»Das gibt es leider nicht«, sagte Herr Winkler.
Franzi hockte sich neben Paul zu Goldie auf den Boden. Sie legte ihre Hand auf den goldbraunen Rücken des Rehkitzes und betrachtete die weißen Punkte. Goldie lag ruhig da, ihre Augen waren geschlossen. Paul, der neben Franzi saß, legte ebenfalls seine Hand auf den Rücken des kleinen Rehs. Ihre Fingerspitzen berührten sich. Franzi hatte das Gefühl, dass ein ganzer Ameisenhaufen in ihr herumkrabbelte. »Goldie, du bist nicht allein«, flüsterte Franzi. Ihre Augen füllten sich mit Tränen.
»Und es wird nicht wehtun.« Paul zupfte ein blütenweißes Stofftaschentuch aus seiner Hosentasche. »Von meiner Oma. Das hält mehr aus als eine ganze Packung Stofftaschentücher.«
Franzi nahm es und tupfte ihre Tränen ab. »Papa, bitte warte noch ein paar Stunden.«
Herr Winkler überlegte. »Ich kann das nicht verantworten, Franzi, ehrlich.«
Paul stand auf. »Ich habe mal von einem Fall gehört, in dem ein Schäferhund eine Blutvergiftung überlebt hat, obwohl der Tierarzt gesagt hatte, dass er sterben würde.«
Franzi lächelte Paul dankbar an und wandte sich dann wieder an ihren Vater. »Papa, du darfst Goldie nicht einfach aufgeben. Bitte!«

»Franzi, das hatten wir doch schon mal vor ein paar Jahren.« Herr Winkler strich seiner Tochter über den Kopf.
»Du meinst den Hamster von Frau Redlich?«, fragte Franzi.
Herr Winkler nickte und drehte sich zu Paul. »Der Hamster hatte Rattengift gefressen und Franzi wollte ihn beschützen und hat ihn einfach stibitzt.«
»Ja, er ist dann auch gestorben, aber immerhin auf einer Blumenwiese und nicht durch eine Spritze«, erklärte Franzi. »Ich möchte einfach, dass Goldie es schafft und irgendwann wieder durch den Wald zu ihrer Mutter hüpfen kann.«
»Du bist die hartnäckigste Tochter, die man haben kann«, seufzte Herr Winkler.
»Und was ist mit Chrissie?«, fragte Franzi.
»Uff, ich hab zwei davon«, stellte Herr Winkler fest.
»Gut gemacht, Herr Winkler.« Paul grinste.
Franzi musste schmunzeln.
Herr Winkler konnte sich das Lachen nicht verkneifen. »Also gut. Aber ihr bewacht Goldie heute Nachmittag. Ich habe ja auch noch andere Patienten.« Herr Winkler stand auf. »Spätestens morgen früh sehen wir weiter.«
Franzi umarmte ihren Vater dankbar.
Herr Winkler gab den beiden noch ein paar Anweisungen und verschwand dann in ein anderes Behandlungszimmer.
Franzi legte sich neben Goldie und schloss die Augen. »Hast du wirklich von dem Hund gehört?«
»Nein.« Paul legte sich ebenfalls neben das Rehkitz. »Hast du damals wirklich geglaubt, dass der Hamster überlebt?«

»Ich weiß nicht«, gab Franzi zu.
»Glaubst du, Goldie schafft es?«, fragte Paul.
»Ich hoffe es so sehr.« Franzi streichelte über den Rücken des Rehs.
»Ich auch.« Paul stand auf und wusch sich die Hände.
Franzi öffnete die Augen und beobachtete, wie er aus seinem Rucksack zwei Bonbons herausholte. Eins gab er Franzi. »Meine Mutter ist Grundschullehrerin. Wenn sie mit Kindern auf Klassenfahrt fährt und ein Kind Heimweh bekommt, gibt sie ihm immer ein Bonbon und sagt, dass man es ganz langsam auf der Zunge zergehen lassen muss, dann löst das Heimweh sich auch langsam auf.« Paul wickelte sein Bonbon aus. »Und weißt du was, es wirkt IMMER.«
Franzi setzte sich auf. »Und keins der Kinder musste jemals abgeholt werden?«
»Nein.« Paul steckte sein Bonbon in den Mund. »Du musst daran glauben, dass alles gut wird, und dann klappt es auch ganz sicher.«
»Das machen wir mit Kim auch manchmal, wenn sie Platzangst hat.« Franzi wickelte ihr Bonbon aus und steckte es in den Mund. Andächtig lutschte sie darauf herum. »Stimmt. Alles wird gut.« Obwohl Franzi um Goldies Leben bangte, fühlte sie sich plötzlich ganz leicht. Sie passte mit Paul zusammen auf Goldie auf und war nicht allein. Aber gleichzeitig war ihr schwer ums Herz. Denn sie vermisste Blake in diesem Moment kein Stück.

»Guck mal, die Baumkrone sieht aus wie ein Herz«, sagte Marie zu Kim. Die beiden hatten den Waldboden rund um die Baumhäuser komplett abgesucht, aber keine neuen Fußspuren entdeckt.
»Stimmt.« Kim richtete den Blick schnell wieder auf den Boden. »Lass uns noch mal bei der Rodungsmaschine nachsehen.«
»Wann soll die eigentlich repariert werden?«, fragte Marie.
»Der komplette Tank muss geleert werden und der Motor ist kaputt. Da muss extra ein Spezialist von der Firma kommen.«
Kim blieb stehen und zeigte auf den an dieser Stelle erdig-trockenen Waldboden. »Guck mal, so sah doch der Schuhabdruck aus, den wir bei den Giftködern gefunden haben.«
»Etwas verwischt, aber du könntest recht haben.« Marie kniete sich auf den Boden. »Er zeigt in die Richtung Wald.«
Kim befestigte eine Ponysträhne mit ihrer silbernen Haarspange. »Lass uns mal nachgucken, ob da noch weitere sind.«
Marie ging vorsichtig ein paar Schritte in die Richtung, in die die Fußspitze des Abdrucks zeigte. »Guck mal, hier ist noch einer!«
»Das gibt es doch nicht, warum haben wir die denn nicht früher gesehen?« Kim lief weiter. »Hier ist wieder einer.«
»Wir haben wahrscheinlich nur direkt an der Maschine gesucht«, überlegte Marie und entdeckte den nächsten großen Fußabdruck.
Die beiden folgten den Abdrücken, die sich auf dem moosigen Boden bald nicht mehr so gut abzeichneten.
»Guck mal, hier ist eine kleine Pflanze kaputt.« Kim zeigte auf einen abgeknickten Baumtrieb.

»Der Abstand zwischen den einzelnen Fußabdrücken deutet auf große Schritte hin.« Marie zeigte auf einen platt getretenen kleinen Farn. »Sieht so aus, als wäre hier jemand schnell durch den Wald gelaufen.«

Die beiden folgten zwei Armlängen voneinander entfernt den Spuren.

»Hier ist wieder einer!«, rief Kim.

»Hier auch!«, antwortete Marie. Sie zog ihr Handy aus der Tasche und schoss einige Fotos.

»Komisch, die zeigen gar nicht in dieselbe Richtung.« Kim machte einen Schritt auf Marie zu. Unter ihren Füßen knackte es plötzlich, und der Boden, bestehend aus Zweigen, gab nach. Ehe sie verstand, was gerade passierte, rutschte sie mit Tempo nach unten. Schreiend versuchte sie, sich an einem Farn festzuhalten.

»Oh nein! Kim!«, rief Marie laut.

Im selben Moment landete Kim mit den Füßen auf trockenem harten Boden, knickte um und fiel auf den Po. »Au!«

Marie war sofort am Rand des mindestens zwei Meter tiefen Lochs, in das Kim gerutscht war. »Kim, alles klar?«

»Nein, Hilfe, ich muss hier raus.« Panisch stand Kim auf. Dabei durchfuhr sie ein Schmerz im rechten Knöchel, sodass sie wieder zusammensackte. Sie saß in einem Erdloch, das nicht breiter war als ihre Schultern. Es war etwas kühler, aber stickig. Die Luft war zum Schneiden. Neben ihr befand sich ein kleiner Eimer an einem Seil, das nach oben führte.

»Ich ziehe dich raus.« Marie legte sich auf den Bauch und hielt ihre Hand in das Erdloch.

Unter Schmerzen gelang es Kim aufzustehen. Sie streckte ihre Arme aus, aber Maries Hände waren zu weit oben. Kim versuchte sich auf die Zehenspitzen zu stellen und Marie rutschte noch weiter an das Erdloch heran. Flüchtig berührten sich ihre Fingerspitzen, dann konnte Kim sich nicht mehr halten und knickte wieder ein.

»Vielleicht kann ich dich mit einem Ast oder dem Seil des Eimers herausziehen«, überlegte Marie.

Kim litt unter Platzangst und atmete bereits schwer. »Das ist so eng hier. Wenn du mich rausziehen willst, kann ich gar nicht mithelfen, indem ich an der Seite hochlaufe oder so. Außerdem tut mein Knöchel weh wie Hölle.«

»Ganz ruhig, Kim. Du musst dich auf das Atmen konzentrieren.« Marie wühlte ein Brausebonbon aus ihrem Jeansrock, das sie von ihrem kleinen Bruder geschenkt bekommen hatte. Sie hielt es Kim hin. »Lutsch das. Und trink was.«

Kim hielt die Hand auf und Marie ließ das Bonbon fallen. Es fiel neben Kim auf den Boden. Sie versuchte sich zu bücken, aber es war zu eng. Ihre Augen füllten sich mit Tränen. »Ich bekomme kaum Luft.«

»Ich habe noch eins.« Marie wühlte ein zweites Bonbon aus ihrer Tasche und ließ es vorsichtig nach unten fallen. Dieses Mal fing Kim es auf und steckte es sich in den Mund.

Marie sah auf ihr Handy, das sie noch immer in der Hand hielt. »Kein Empfang. Mist!« Sie blickte sich um, aber außer Bäumen war nichts zu sehen. »Hilfe! Hört uns jemand?«, rief Marie, so laut sie konnte. Dann lauschte sie in die Stille hinein,

aber außer Vogelgezwitscher und dem Hämmern eines Spechtes in der Ferne war nichts zu hören. »Hilfe!«, rief sie noch mal. Wieder kam keine Antwort. Sie beugte sich zu Kim, die ängstlich zu ihr hochschaute. »Kim, ich muss Hilfe holen. Wenn ich renne, bin ich in zwanzig Minuten zurück.«
Kim wischte sich Schweißperlen von der Stirn. »Okay.«
»Du schaffst das. Ich weiß es!« Marie holte ihre Wasserflasche aus dem Beutel, nahm einen Schluck und hielt sie dann in das Erdloch. »Teil dir das Wasser ein.«
Kim griff nach der Flasche. »Beeil dich, Marie, und pass auf dich auf! Wer weiß, vielleicht gibt es hier noch andere Fallen.«
»Mache ich.« Marie stellte sich vor eine hohe Buche, deren Stamm sich ab Schulterhöhe teilte, und machte einige Fotos von den Bäumen, damit sie die Stelle wiederfinden würde. Dann rannte sie los.

Unheil

Maries Beine flogen über den trockenen Boden. Den Blick auf den Boden gerichtet, damit sie auch eventuell unter Zweigen versteckte Löcher im Waldboden erkennen konnte, wich sie jeder Wurzel aus. »Bloß nicht irgendwo reinfallen«, murmelte sie immer wieder vor sich hin. Zwischendurch sah sie auf ihr Handy. Leider hatte sie auch nach einer gefühlten Ewigkeit keinen Empfang. Sie fragte sich schon, ob sie überhaupt den richtigen Weg gerannt war, da entdeckte sie endlich die Baumhäuser. Marie wollte Chrissie alarmieren, aber sie war nicht da. Sie rief nach Niko, aber auch von ihm keine Spur. Sie stürmte weiter in Richtung ihrer Großeltern. Als das Haus in Sichtweite kam, erschien endlich der erlösende Empfangsbalken auf ihrem Handy. Schnell tippte sie Franzis Namen an. »Komm schon, Franzi, geh ran!«

Franzis Handy, das in der Tasche ihrer Jeansshorts steckte, vibrierte. Mit einer Hand zog sie es heraus. »Oh nein, das ist Marie. Ich hätte den beiden schon längst Bescheid sagen müssen, dass ich erst mal nicht komme.« Franzi nahm den Anruf entgegen. Während sie der aufgeregten Marie zuhörte, beschleunigte sich ihr Herzschlag. »Ich komme sofort. Auf dem Weg informiere ich Kommissar Peters.« Franzi sprang auf. »Wenn ihre Platzangst so groß ist, lauf lieber wieder zu Kim. In welche Richtung muss ich von den Baumhäusern gesehen laufen?« Franzi lauschte und wiederholte dann sicherheitshalber noch mal, was ihre Freundin gesagt hatte. »An der Forstmaschine vorbei in einer geraden Linie. Und ich stelle mir vor, ich gehe dem Schein des rechten vorderen Scheinwerfers nach. Ich beeile mich.«

Franzi legte auf und steckte ihr Handy wieder ein. »Meine Freundin Kim ist im Wald in ein Erdloch gefallen. Sie hat Platzangst und dort ist kein Empfang. Marie musste sie allein lassen, um mich anzurufen.«

Paul stand ebenfalls auf. »Dann musst du ganz schnell dahin. Ich halte hier die Stellung. Viel Glück.«

»Danke.« Franzi griff ihren Beutel, warf Goldie eine Kusshand zu und rannte aus der Praxis auf den Hof. Ihr Handy piepte, Marie hatte ein Foto geschickt. Darauf zu sehen war ein Fußabdruck auf erdigem Waldboden. Darunter stand: »Das sind die Fußspuren, denen wir gefolgt sind.«

Franzi leitete die Nachricht an Kommissar Peters weiter und wählte dann seine Nummer. Leider meldete sich nur die Mailbox. Sie hinterließ eine Nachricht mit der Bitte, der Kommissar solle zu den Baumhäusern kommen, alles Weitere würde sie dann erklären. Schnell steckte sie ihr Handy wieder ein, setzte ihren Helm auf und raste los. Die Sonne brannte vom Himmel und der Asphalt der Straße war aufgeheizt. Wind war aufgekommen, aber er kühlte nicht, sondern blies Franzi wie ein Föhn entgegen. Sie schaltete in einen höheren Gang und trat heftig in die Pedalen.

Beim Wald angekommen, schaute sie sich nach dem Auto des Kommissars um, aber es war nicht da. Franzi wählte noch mal seine Nummer. »Mist, wieder nur die Mailbox.« Sie steckte das Handy weg, lehnte ihr Rad an Oma Agnes' Gartenzaun und hastete los.

»Chrissie! Niko!«, rief Franzi laut, als sie bei den Baumhäusern ankam. »Wir sind hier.« Chrissies Kopf erschien hinter dem dicken Baumstamm einer Buche, einige Meter entfernt von den Baumhäusern. »Franzi! Was ist denn?«

»Kim ist in ein Erdloch gerutscht!«, rief Franzi. »Wir brauchen eure Hilfe.«

»Was? Ich komme gleich!« Chrissie drehte sich weg. Franzi hörte, dass sie sich mit Niko stritt. »Jetzt spinnst du ja wohl total! Mach das aus!«

»Wer spinnt denn hier?«, zürnte Niko zurück.

»Ganz offensichtlich du, Niko.« Chrissie lief auf Franzi zu.

»Chrissie! Jetzt warte mal!« Niko kam hinter der Buche hervor. Er hielt irgendetwas in der Hand und wollte Chrissie am Arm festhalten, aber sie riss sich mit aller Kraft los. Franzi beobachtete, wie Niko ins Straucheln kam, sich aber wieder fing.

»Oh nein!«, schrie Chrissie plötzlich und begann, wild herumzuhüpfen.

»Mist!« Niko tat das Gleiche.
»Was ist? Wurdet ihr gebissen?« Franzi rannte auf sie zu. »Oh Gott!« Sie traute ihren Augen nicht. Das trockene Gestrüpp, das sich direkt neben dem Baum befand, hatte Feuer gefangen.
Chrissie, die nur Sandalen trug, versuchte es auszutreten. »Au!«
Niko hatte sich einen Ast geschnappt und klopfte auf das Feuer, aber es breitete sich schnell aus. Wie eine Welle erfasste es kleine Büsche und trockene Gräser. Es knisterte und knackte laut.
»Chrissie, komm da weg!«, rief Franzi ihrer Schwester zu.
Der Ast, mit dem Niko versuchte, das Feuer auszuklopfen, hatte Feuer gefangen. Chrissie lief zu Franzi. »Niko, lass das!«
Die Flammen breiteten sich rasant aus. Die Büsche, die neben den Baumhäusern wuchsen, brannten bereits.
»Wo ist Johanna?«, fragte Franzi ihre Schwester.
»Zu Hause, Sachen holen.«
Niko lief am Rand des Feuers zu den Baumhäusern.
»Ich rufe die Feuerwehr!« Franzi preschte, so schnell sie konnte, den Waldweg entlang, den Blick auf ihr Handy gerichtet. Als endlich die erlösenden Empfangsbalken auf ihrem Handy zu sehen waren, wählte sie die 112. Eine Frau nahm ihren Notruf entgegen und versicherte Franzi, dass die Löschfahrzeuge sofort losfahren und alles Nötige getan werden würde. »Ihr müsst euch feuchte Tücher vor Mund und Nase halten, und ihr verlasst die Feuerstelle bitte umgehend, denn ihr könnt ohnehin nichts tun«, sagte sie noch, ehe sie das Gespräch beendete.

Schnell lief Franzi wieder los. Wo waren nur Kim und Marie? Sie hatte versprochen, den beiden zu helfen. Auf halbem Weg zu den Baumhäusern bemerkte sie den Rauchgeruch. Von Weitem konnte sie sehen, dass die Forstmaschine Feuer gefangen hatte. Und eines der Baumhäuser stand bereits in Flammen. Je näher Franzi dem Feuer kam, desto heißer wurde es. Auch die Sicht wurde immer schlechter. Franzi kramte das Stofftaschentuch von Paul aus ihrem Beutel und kippte Wasser aus ihrer Flasche darauf. Dann lief sie weiter. »Chrissie, wo bist du?«

»Hier!« Sie entdeckte ihre Schwester in der Nähe der Baumhäuser. »Niko ist oben.« Chrissie hustete. Franzi zerriss das Taschentuch und reichte Chrissie eine Hälfte. »Vor Mund und Nase halten!« Mit dem Stoff vor ihrer Nase rief sie nach oben: »Niko! Du musst runterkommen.«

Das benachbarte Baumhaus brannte jetzt lichterloh. Hohe Flammen schossen in die Baumkronen der Buche. »Was macht der denn da oben?« Franzi sah, wie sie auf das Dach von Chrissies und Nikos Baumhaus überschlugen. »Komm runter!!«

»Ist da oben etwa noch jemand?«, rief eine Männerstimme. Franzi drehte sich um. Hinter ihr stand plötzlich Georg Gruber, der Mann mit dem Zopf.

»Ja, mein Freund Niko«, rief Chrissie panisch.

»Niko, kannst du uns hören?«, rief Gruber nach oben. Durch das Knistern der verbrennenden Äste war ein Husten zu hören. »Du musst sofort runterkommen.«

Franzi konnte sehen, wie Niko seinen Arm aus dem Fenster

streckte und nach etwas griff. Kurz darauf erschien sein Kopf am Baumhausausgang. »Ihr müsst die kleine Eule fangen.« Hustend streckte er den Arm aus. Geistesgegenwärtig zog Gruber sein Hemd aus und hielt es aufgespannt unter den Baumhausausgang. »Lass sie hier hineinfallen.«
Franzi fasste das Hemd mit an, damit es wie ein kleines Sprungtuch mehr Fangfläche hatte.
Niko ließ das kleine Vögelchen los. Es landete auf dem Hemd und piepste.
»Halte es bitte.« Georg Gruber reichte Franzi sein Hemd mitsamt Vogelküken darin.
Behutsam knuddelte Franzi das Hemd zu einer Art Nest zusammen. Beim Anblick der kleinen Eule erschrak sie. Einer der Flügel stand ab und der Eule gelang es nicht, ihn wieder einzuklappen. »Ich glaube, sie hat einen gebrochenen Flügel.«
Niemand hörte Franzi zu. Chrissie und Gruber starrten zu Niko, der jetzt in Windeseile die Leiter herunterkletterte. Franzi sah, dass das Feuer die Außenwand des Baumhauses entlangkroch. Ihr Blick streifte die Strickleiter, die von einem benachbarten Baum Feuer gefangen hatte. Niko war noch mindestens zwei Meter über dem Boden. »Niko, die Leiter brennt!«
Abrupt blieb Niko stehen. Sowohl über ihm als auch unter ihm wütete das Feuer.
Gruber zog eine kleine Wasserflasche aus seiner Bauchtasche. »Pass auf, Niko, ich kippe das jetzt hier über die Sprossen, dann wird das Feuer kurz ein wenig kleiner. Und du musst sofort runterkommen.«

Chrissie hustete stark und Franzi hatte Mühe, die kleine Eule festzuhalten und sich gleichzeitig das feuchte Tuch vor das Gesicht zu pressen.

»Jetzt!« In dem Moment, als Gruber das Wasser auf die Leiter schüttete, kam Niko runter, doch seine Hose hatte Feuer gefangen.

»Nein!«, schrie Chrissie panisch.

»Auf den Boden«, schrie Georg Gruber. Niko warf sich auf den Bauch und Gruber schmiss sich auf ihn drauf. »Au!«

»Entschuldige. Wir müssen das Feuer ersticken.« Er klopfte auf Nikos Hosenbein, dabei fing sein T-Shirt Feuer. Schnell rollte er sich über den Boden und schaffte es, das Feuer zu ersticken. »So, und jetzt weg mit euch. Man läuft seitlich vom Feuer weg, entgegen der Windrichtung. Also nach da!« Er zeigte in Richtung der brennenden Rodungsmaschine.

Chrissie zog Niko hoch. Dann liefen sie los.

Franzi musste husten. Mit der einen Hand presste sie das Tuch vor ihre Nase, mit der anderen hielt sie die Eule fest. Sie drehte sich noch mal um. Beide Baumhäuser standen in Flammen. Franzis größte Sorge galt in diesem Moment Kim und Marie.

Brandherde

Nach einer Weile blieben sie stehen. Niko und Franzi husteten.
Franzi entdeckte Feuerwehrleute, die durch den Wald eilten. Ein Löschfahrzeug kam den Waldweg entlanggefahren. In Windeseile wurden lange Schläuche ausgerollt. Die Feuerwehrmänner schrien sich gegenseitig Befehle zu, das Feuer knisterte und in Franzis Kopf rauschte es.
»Ich muss Kim und Marie suchen!«, rief Franzi gegen den ohrenbetäubenden Lärm an. Sie entdeckte Kommissar Peters, der mit Carolin Grimme und einem Feuerwehrmann sprach. Franzi drehte sich zu dem Mann mit dem Zopf um, aber er war nicht mehr da. »Wo ist Georg Gruber?«, fragte sie Chrissie, die sich gerade eine kleine Wunde an Nikos Rücken anguckte.
»Ich weiß nicht.«
»Komisch«, murmelte Franzi. »Der verschwindet immer einfach so.« Ihr Blick fiel auf den Waldboden. Sie stockte. Neben ihr befanden sich Fußspuren. Es waren die gleichen Fußabdrücke, die sie auch bei den Giftködern gesehen hatten. Blitz-

schnell zog Franzi ihr Handy aus der Tasche und verglich das Bild, das Marie ihr geschickt hatte, mit der Fußspur auf dem Boden. Obwohl Franzi schwitzte, lief ihr ein kalter Schauer über den Rücken. Die Abdrücke sahen identisch aus. Hatte Georg Gruber, der ihnen bei der Demo als besonders freundlich und hier als besonders hilfsbereit aufgefallen war, etwa die Giftköder verteilt und die Rodungsmaschine manipuliert?
Franzi drückte Chrissie das Hemd mit der Eule in die Hand. »Die muss ganz schnell zu Papa. Und du musst zu Maries Großeltern. Bitte sieh auch nach den Eseln. Hoffentlich brennt Finns Waldkindergarten nicht ab.« Mit dem letzten Rest ihres Wassers befeuchtete Franzi Pauls Taschentuch erneut und ließ den allerletzten Tropfen in ihren Mund gleiten. »Ich habe eine Spur entdeckt und ich muss Kim und Franzi suchen.« Franzi blickte zu den Feuerwehrmännern in den Schutzanzügen, die mit mehreren Wasserschläuchen das Feuer bekämpften. Mit den Augen suchte sie das Getümmel ab in der Hoffnung, Kommissar Peters zu entdecken, aber er war nicht mehr zu sehen.
»Ich helfe dir«, entschied Niko.
»Gut. Wir müssen da lang.« Franzi zeigte in die Richtung, in die der rechte vordere Scheinwerfer wies.
Niko tauschte einen traurigen Blick mit Chrissie, und lief dann los.
Als Franzi sich noch einmal umdrehte sah sie, wie sich einer der Feuerwehrmänner um Chrissie kümmerte.
In Franzis Kopf waren so viele offene Fragen, sie wusste gar nicht, worüber sie zuerst nachdenken sollte. Was hatte Niko in

der Hand gehabt, als das Feuer ausgebrochen war? Hatte er das Feuer gelegt? Normalerweise würde sie jetzt geschickt vorgehen und ihn befragen, aber ohne Kim und Marie in Sicherheit zu wissen, funktionierte ihr detektivisches Gespür nicht. Franzi entschied, vorerst nichts zu fragen, sondern sich auf die Suche zu konzentrieren. Tatsächlich entdeckte sie weitere Fußspuren, die sie gemeinsam mit Niko weiter in den Wald hineinführten.

Franzi merkte, wie sie immer panischer wurde. »Hoffentlich ist das der richtige Weg.«

Niko hustete. »Guck mal, hier sind einige Farne platt getreten.« Er lief ein paar Schritte weiter.

Franzi folgte ihm. »Stopp!«

Gerade noch rechtzeitig hielt Niko an. Sie standen vor einem tiefen Erdloch, Franzi kniete sich an den Rand des Lochs und aktivierte die Taschenlampenfunktion ihres Handys. Ein Eimer mit einer Schnur stand auf dem Boden, daneben lag ein Brausebonbon. »Da muss sie drin gewesen sein.«

Niko nickte und suchte konzentriert den Waldboden ab. Er drückte einen buschigen Zweig zur Seite und hob eine silberne Haarspange auf.

»Die ist von Kim!«, rief Franzi atemlos.

Sich langsam im Kreis drehend, suchten sie die Umgebung ab. »Was ist das?« Sie deutete auf einen riesigen Haufen aus Ästen und Zweigen, der sich in ihrer unmittelbaren Nähe an einem kleinen Hang befand.

Niko drückte Franzi die Haarspange in die Hand und begann, große Äste beiseitezuschaffen.

»Ich helfe dir.« Franzi steckte ihr Handy wieder ein und knipste sich die Haarspange in den Pony.

»Franzi!« Jemand rief ihren Namen. Es klang dumpf.

»Sie sind da hinter den Zweigen.« Franzi beeilte sich, die schweren Äste wegzuräumen. »Kim! Marie! Wir holen euch da raus!« Eine kleine Holzhütte, die an den Hang gebaut war, kam nach und nach zum Vorschein. »Seid ihr da drin?«

»Wir sind hier eingesperrt«, antwortete Marie. »Ich habe nichts, womit ich die Tür öffnen kann.«

»Seid ihr allein?«, rief Franzi.

»Ja! Wir müssen hier raus, Kim fängt schon wieder an zu hyperventilieren.«

Franzi überlegte kurz und hatte dann eine Idee. Sie zog Kims Haarspange aus ihren Haaren und kniete sich auf den Boden. Mit den Fingern kratzte sie den moosigen Waldboden am unteren Rand der Tür beiseite, bis eine kleine Lücke zum Vorschein kam. »Ich schiebe Kims Haarspange unter der Tür durch. Kannst du sie damit öffnen?«

»Ja, ich denke schon«, kam es von Marie zurück.

Franzi drückte die Haarspange durch das Loch. »Hast du sie?«

»Ja.« Marie machte sich nun an dem Schloss zu schaffen.

»Marie ist ein echter Profi im Knacken von Schlössern«, erklärte sie dem staunenden Niko.

Schon machte es klick und die Tür ging auf. Kim wankte als Erste heraus. Sie war blass und ihre Haare verschwitzt. »Danke, Franzi.«

»Was ist denn mit deinem Fuß?« Franzi hielt Kim die Hand hin, damit sie sich festhalten konnte.
»Gebrochen oder verstaucht.« Kim atmete tief durch. »Hauptsache, ich bin aus dieser winzigen Hütte raus.«
Franzi steckte ihren Kopf durch die Tür. In dem Holzhäuschen befand sich eine kleine Pritsche, ein Hocker, ein Gaskocher und einige Kisten. »Was ist das? Wohnt hier jemand?« Franzi drehte sich zu ihren Freundinnen. »Und wie seid ihr überhaupt da reingekommen?«
»Der Typ mit dem Zopf hat uns eingesperrt«, berichtete Kim.
»Georg Gruber?«, fragte Franzi.
»Ja, der. Nachdem ich dich angerufen hatte, bin ich zurück zu Kim, da hat er sie gerade aus dem Loch gezogen«, erzählte Marie aufgeregt. »Als wir uns bedanken wollten, bot er uns etwas zu trinken an und hat uns so in die Hütte gelockt.«
»Und dann hat er uns einfach eingesperrt.« Kim versuchte, ihren verletzten Fuß vorsichtig aufzustellen. »Wie die böse Hexe bei Hänsel und Gretel.«
Franzi war fassungslos. »Und danach kam er zu uns und hat dich gerettet, Niko.«
»Gerettet?« Marie sah Franzi fragend an.
»Bei den Baumhäusern ist ein Feuer ausgebrochen. Niko wollte eine kleine Eule in Sicherheit bringen und war plötzlich von dem Feuer eingeschlossen. Und der Typ hat ihm geholfen.«
»Ein Waldbrand?« Marie riss die Augen auf. »Das sagt ihr erst jetzt? Hoffentlich geht es Oma Agnes und Opa Herbert gut.«

»Ihr Haus ist ein ganzes Stück entfernt, und als ich die Fußspuren entdeckt habe, kamen gerade die ersten Feuerwehrleute«, versuchte Franzi Marie zu beruhigen. »Und der Waldkindergarten ist auch nicht so nah dran.«
Franzi trat in die Hütte. Sie ging auf Tauchstation, um einen Blick unter die Pritsche zu werfen. »Wertvolle Hinweise finden sich oft unter Betten«, erklärte sie. »Da!« Zwischen trockenem Laub hatte Franzi ein kleines weißes Kärtchen entdeckt. Sie fischte es unter der Pritsche hervor. »Das glaube ich jetzt nicht. Das ist unsere Visitenkarte.«
»Gruber weiß also, dass wir Detektivinnen sind«, schlussfolgerte Kim. »Aber woher hat er die Karte?«
Franzi ging wieder nach draußen. »Seine Fußabdrücke waren sowohl bei den Giftködern als auch bei der Rodungsmaschine.«
»Du glaubst, er hat uns eingesperrt, weil er ahnt, dass wir ihm auf den Fersen sind?«, führte Marie den Gedanken weiter.
»Ja.« Franzi drehte die Visitenkarte nachdenklich in ihren Händen. »Allerdings wundere ich mich, dass er uns dann vorhin geholfen hat.«
»Meint ihr, dass Gruber auch das Feuer gelegt hat? Aber warum?«, fragte Marie.
»Kann ich mir nicht vorstellen«, mischte Niko sich ein.
Franzi betrachtete ihn nachdenklich. »Na ja, er war ja ziemlich schnell da, als es brannte.«
»Lasst uns das später überlegen. Zwei Dinge sind jetzt wichtiger. Erstens: Ist das Feuer gelöscht? Zweitens: Warum hat der Typ uns eingesperrt?« Kim besaß die Fähigkeit, auch in kom-

plizierten Situationen einen kühlen Kopf zu bewahren. »Kann eine von euch noch mal in die Hütte und nach Hinweisen suchen? Ich möchte da nicht wieder rein.«

Marie folgte Franzi. Sie nahm eine der Kisten und begann, darin herumzuwühlen, während Franzi dahinter genauer nachsah.

»Guck mal, das ist interessant.« Marie hielt einige Papiere hoch. »Patientendaten der Firma *Schreiber-Pharma* mit dem Vermerk *Streng vertraulich.*«

»Der Typ will Herrn Schreiber fertigmachen«, sagte Kim von draußen.

»Glaube ich auch«, sagte Niko. »Was sonst sollte man mit geheimen Dokumenten vorhaben?«

»Vielleicht will er Schreiber damit erpressen«, vermutete Franzi. Ihr Blick fiel auf eine kleine Dose in der Kiste. »Und hier ist *Traumadon 500.*«

»Unfassbar!«, sagte Marie.

»Am besten, wir gehen zu *Schreiber-Pharma*«, schlug Marie vor.

»Der Firmensitz ist in der Nähe. In einer Villa am Waldrand«, erklärte Niko.

Zusammen liefen die vier los. Kim wurde von Franzi und Niko gestützt.

»Zum Glück kennst du dich hier aus, Niko.« Franzi war froh, dass Niko nun anscheinend nichts mit der Sache zu tun hatte. Ihre Menschenkenntnis hatte ihr auch eigentlich nichts anderes gesagt, aber vieles hatte letztlich doch gegen ihn gesprochen. Franzi nahm sich vor, so schnell wie möglich herauszufinden, ob Niko etwas mit dem Feuer zu tun hatte. Dazu musste sie sich aber erst mal mit ihren Detektivkolleginnen austauschen, und dafür mussten sie allein sein. Jetzt war es wichtiger, herauszufinden, was dieser seltsame Typ im Schilde führte.

»Ist es noch weit?«, stöhnte Kim nach einer Weile.

»Nein, der Firmensitz befindet sich am westlichen Waldrand.« Niko zeigte geradeaus. »Gleich müssten wir das Gebäude sehen können.«

Und tatsächlich konnten sie jetzt eine weiße Villa durch die Bäume erkennen.

Marie holte ein Taschentuch aus ihrem Beutel und gab es Niko. »Du bist ganz verrußt im Gesicht. Kannst du das wegwischen?«

Niko schrubbte in seinem Gesicht herum, aber der Ruß ließ sich nicht entfernen.

»Wie kommen wir denn da rein?«, fragte Kim, als sie aus dem Wald heraustraten.

»Lass mich mal machen«, sagte Marie und zwinkerte ihr zu. »Schweigt einfach und macht, was ich sage.«

»Okay, aber nur in diesem speziellen Fall.« Franzi grinste schief.

Marie knuffte ihr in die Seite und marschierte vorweg. »Niko, halt dich lieber unauffällig im Hintergrund.«

Rechts am Tor befand sich ein kleines Pförtnerhäuschen. Ein älterer Herr in einem grauen Anzug saß darin und begrüßte die vier freundlich. »Kann ich etwas für euch tun?«

Marie lächelte den Mann an. »Guten Tag. Ich bin Anna

Schreiber und das sind meine Mitschüler. Wir wollen Onkel Wolfgang besuchen und ihm einige Fragen stellen. Für unsere Schülerzeitung. Wir interviewen wichtige Personen aus der Wirtschaft. Mein Onkel erwartet uns.«
»Am Samstag?« Der Mann blätterte in einem großen Terminkalender. »Hier steht leider nichts.«
Marie lachte auf. »Onkel Wolfgang wird auch immer vergesslicher. Dieses Jahr hat er das erste Mal meinen Geburtstag vergessen. Als Entschädigung hat er mich dann neulich zum besten Kuchencafé der Stadt eingeladen. *Winklers Zaubertorte*, kennen Sie das?«
Der Mann schüttelte irritiert den Kopf.
»Oh, da gibt es den weltbesten Schokoladenkuchen«, schaltete Kim sich ein.
»Ich sage Onkel Wolfgang, dass er Ihnen mal ein Stück mitbringen soll«, schlug Marie dem Wachmann vor.
»Das ist nett. Dann marschiert mal rein.« Der Pförtner winkte die vier auf das Gelände. »Viel Erfolg mit dem Artikel.«
Die drei !!! warfen sich heimlich einen triumphierenden Blick zu.
»Ganz schön gerissen«, staunte Niko.
»Ach, zumindest, was den Kuchen angeht, war es die reine Wahrheit«, beteuerte Kim.
»Pst.« Marie hielt den Zeigefinger vor den Mund. »Wissen wir, wo Schreiber sein Büro hat?«
»Ja«, flüsterte Niko. »Ich war schon mal da. Zweiter Stock, letzte Tür rechts.«

Auf leisen Sohlen gingen die vier durch eine Eingangshalle, in deren Mitte eine große Treppe in den ersten Stock führte.
»Gibt es einen Aufzug?«, stöhnte Kim.
»Ja, aber der quietscht. Komm, Kim, ich nehme dich Huckepack.« Niko ging in die Hocke und Kim stieg umständlich auf seinen Rücken. »Danke, ich mach mich auch ganz leicht.«
Sie schlichen die Treppe hoch und den Gang entlang. Es war Wochenende, also arbeitete niemand. Schon aus einiger Entfernung war eine Stimme zu hören. »Wenn Sie die Rodungspläne nicht ad acta legen, lasse ich der Öffentlichkeit vertrauliche Unterlagen aus Ihrer Firma zukommen, Sie haben die Wahl.«
Die drei !!! sahen sich erschrocken an. Leise fischte Kim ihr Handy aus der Tasche und schrieb in Windeseile eine Nachricht an Kommissar Peters. Dann aktivierte sie die Videoaufnahmefunktion.
Die drei !!! verständigten sich mit Blicken. Kim rutschte vorsichtig von Nikos Rücken.
Franzi griff sich ihr Handy und pirschte zur Tür, die einen Spalt offen stand. Sie lugte hindurch und entdeckte den Chef der Pharmafirma, der regungslos an seinem Schreibtisch saß. Schweißperlen glänzten auf der Stirn. Er war blass. Vor ihm, mit dem Rücken zu den drei !!! und Niko, stand Georg Gruber. Er trug noch immer das angekokelte T-Shirt.
»Und was ist, wenn ich das nicht mache? Ich habe nichts zu verbergen«, sagte Wolfgang Schreiber.
Gruber griff in seine Hosentasche und zog eine Medikamen-

tenpackung heraus. »Aus diesen Tabletten habe ich neue Giftköder gebastelt. Das überlebt kein Reh. Und wissen Sie was? Alles wird darauf hindeuten, dass Sie es waren.«

Franzi erschrak so sehr, dass sie sich die Hand auf den Mund pressen musste, um nicht loszuschreien.

Wutentbrannt!

»Sie gehen zu weit.« Schreiber schüttelte langsam den Kopf.
Franzi hielt Kims Handy durch den Türspalt. Gespannt warteten die drei !!! auf die Antwort.
»Fragt sich, wer hier zu weit geht. Sie wollen einen riesigen Teil des Waldes komplett zerstören, nur um noch mehr Gift herzustellen?«, konterte Georg Gruber. »Gerade brennt übrigens schon ein Stück des Waldes. Ich habe einen von den Waldfreunden gerettet. Die wären sonst auch auf Ihr Konto gegangen.«
Plötzlich hörten die drei !!! Schritte. Franzi drehte sich um. Es war Kommissar Peters, der mit einem Kollegen den Gang entlanggerannt kam.
Erleichtert atmete Franzi auf.
Kim deutete auf das Zimmer von Wolfgang Schreiber.
»Georg Gruber hat die Forstmaschine manipuliert und Giftköder ausgelegt«, flüsterte Franzi.
Erst jetzt bemerkten die beiden Männer, dass jemand vor der Tür war.

Gruber sah Kim und Marie verstört an.
»Ja, da staunen Sie. Wir konnten uns befreien«, sagte Marie.
»Er hat uns nämlich in einer Hütte im Wald eingesperrt«, erklärte Kim dem Kommissar. »Ich habe außerdem einen Film auf dem Handy, auf dem deutlich wird, dass dieser Mann Herrn Schreiber erpresst.«
»Sie sind vorläufig festgenommen«, sagte Kommissar Peters.
Franzi beobachtete, dass Gruber sich umsah. Wollte er fliehen? Er preschte los, aber Franzi war schneller. Sie stellte ihm ein Bein. Er stolperte, fiel, stand wieder auf und wurde von Kommissar Peters und dessen Kollege festgehalten. Der Polizist legte ihm Handschellen an.
»Mein Kollege bringt Sie jetzt auf die Wache. Bevor ich Sie verhöre, muss ich noch in den Wald.«
»Ihr Kinder denkt wohl, dass ihr alles besser wisst, was?«, zischte Georg Gruber den drei !!! zu.
»Sie haben vielleicht ein unschuldiges Reh auf dem Gewissen«, fauchte Franzi. Sie bebte vor Wut.
»Das bringt nichts.« Marie legte beruhigend ihren Arm um Franzis Schultern, als Georg Gruber von Kommissar Peters' Kollege abgeführt wurde.
»Danke, dass ihr mir geholfen habt.« Herr Schreiber lächelte die Detektivinnen an, dann drehte er sich zu Niko. »Es tut mir leid, dass ich dich zu Unrecht verdächtigt habe, Niko.«
Niko schüttelte Schreibers Hand. »Ich kann einfach nicht verstehen, warum Sie den Wald für Ihre Firma abholzen lassen wollen.«

Schreiber fuhr sich nachdenklich mit der Hand durchs Haar. »Das Grundstück gehört mir, aber ich bin dir auch keine Rechenschaft schuldig.«

»Natürlich nicht«, wetterte Niko. »Sie sind ja auch nicht schuld daran, dass mein Großvater durch ihr bescheuertes Medikament gestorben ist.«

»Ach, das wirfst du mir vor?« Schreiber ging zu seinem Schreibtisch, nahm einen Schlüssel aus einer Stiftablage und öffnete die obere Schreibtischschublade damit. Er holte eine Mappe heraus und blätterte sie auf. »Dieses Gutachten habe ich mit der ausdrücklichen Zustimmung deines Großvaters von zwei unabhängigen Ärzten erstellen lassen.« Schreiber hielt Niko die Mappe hin und tippte auf ein Blatt. »Da steht schwarz auf weiß, dass dein Großvater an Krebs gestorben ist und das nichts mit meinem Medikament zu tun hatte.«

Nachdem Niko den Text gelesen hatte, klappte er die Mappe wieder zu und reichte sie Schreiber. Dann wandte er sich an den Kommissar. »Was ist mit dem Brand?«

Kommissar Peters nickte. »Als ich eure Nachricht bekam, war das Feuer gerade gelöscht.«

»Puh!«, machten alle gleichzeitig.

»Wissen Sie schon, wie groß die abgebrannte Fläche ist?«, fragte Franzi.

Peters warf einen Blick auf sein Handy. »Einige Hektar. Ich werde mir gleich ein Bild machen und anfangen, nach der Brandursache zu suchen.«

»Können wir mitkommen?«, bat Franzi.

»Nein. Das ist zu gefährlich. Es kann auch noch Glutnester geben.« Entschieden schüttelte Peters den Kopf. »Ich muss sowieso mal wieder Klartext mit euch reden.«
»Ja, Herr Peters.« Marie zwinkerte ihren Freundinnen zu. »Wir wissen schon: Wir sollen uns nicht …«
Franzi führte den Satz fort: »… in gefährliche Situationen begeben.«
»Außerdem sind die Ermittlungen Sache der Polizei«, ergänzte Kim.
»Genau.« Der Kommissar nickte zufrieden. »Schreibt euch das mal hinter die Ohren.«
»Notiert.« Franzi zeigte grinsend auf ihre Stirn.
»Ich rufe mal schnell meine Großeltern an.« Marie entfernte sich ein Stück.
»Dann machen wir jetzt einen Ausflug zum Arzt.« Franzi hakte Kim unter. »Und du kommst auch gleich mit, Niko.«
»Okay, aber zuerst muss ich mit Chrissie sprechen.« Wie auf das Stichwort klingelte Nikos Handy. Er nahm den Anruf an. »Chrissie, alles gut bei dir?«
Gespannt beobachtete Franzi Nikos Gesicht. Er lächelte. »Gut. Ja, deine Schwester ist bei mir … Es geht allen ganz gut.« Niko hielt das Telefon zur Seite. »Chrissie ist bei euch zu Hause. Mit der Eule. Dein Vater und sein Praktikant kümmern sich um sie.«
Freudig hielt Franzi den Daumen nach oben. »Wie geht es Goldie?«, wollte sie wissen. Jetzt piepte ihr Handy. Sie fischte es aus der Hosentasche. »Paul hat ein Foto geschickt.« Ge-

spannt öffnete sie es. Darauf zu sehen war Paul, der neben dem kleinen Rehkitz saß. Es hatte sich hingestellt und trank aus einer Flasche. Franzi entfuhr ein Freudenschrei. »Goldie ist über den Berg!« Sie fiel Kim und Marie, die gerade aufgelegt hatte, in die Arme.

»Oma Agnes und Opa Herbert und den Eseln geht es auch gut«, berichtete Marie, als sie sich wieder von Franzi und Kim gelöst hatte.

»Und jetzt musst du wieder fit werden, Kim«, sagte Franzi. Marie nahm ihr Smartphone in die Hand und begann zu recherchieren. »Ach, toll. Herr Dr. Klinkhammer hat heute Dienst. Der ist ein Freund von meinem Vater.«

»Maries Vater kennt Gott und die Welt«, erklärte Kim Niko, während sie den Gang entlanghumpelte.

Zusammen machten die vier sich auf den Weg zum Arzt.

»Danke, Bruderherz, dass du uns vom Arzt abgeholt hast.« Zwei Stunden später sprang Franzi aus Stefans Auto und lief einmal um den Wagen herum, um Kim die Beifahrertür zu öffnen. »Gut, dass dein Knöchel nur verstaucht ist, Kim.« Während Kim mit Franzis Hilfe ausstieg, kamen nun Marie und Niko von der Rückbank von Stefans altem Auto geklettert.

»Tierretter und Umweltaktivisten fahre ich gerne durch die Gegend.« Stefan kurbelte sein Fenster herunter und grinste.

»Auch von mir danke. Aber du solltest die Karre verkaufen.« Niko knallte die Autotür zu.

Chrissie kam aus der Tierarztpraxis dazu. Ihr Gesicht war noch immer vom Ruß verschmiert. »Wie geht es dir, Niko?«
»Ich habe am Rücken und am Oberschenkel kleine Brandwunden, aber es ist nichts Schlimmes.« Niko legte den Arm um Chrissie und drehte sich zu Stefan. »So ein altes Auto pustet Unmengen an Abgasen in die Luft.«
»Echt, Stefan, Niko hat recht.« Chrissie wand sich aus Nikos Umarmung.
»Das will aber keiner mehr kaufen. Und sonst fährt doch nur ein anderer damit herum.« Stefan startete den Motor. Aus dem Auspuff kam eine kleine Rußwolke. »Ich denke aber drüber nach, Leute. Grüßt Mama von mir.« Stefan wollte gerade den ersten Gang einlegen, da fuchtelte Chrissie wild mit den Armen. »Kannst du Niko und mich mitnehmen?«
Franzi schüttelte den Kopf. »Chrissie, Chrissie, das ist aber eine seltsame Doppelmoral. Auf der einen Seite bist du sauer, weil Mama die alten Plastikstrohhalme noch aufbraucht und sie nicht gleich wegwirft, und dann willst du mit Stefans Giftschleuder durch die Weltgeschichte gondeln?«
Chrissie sah verlegen zu Boden. »Ich weiß, das ist nicht konsequent.«
»Wir können doch alle was tun, aber es muss ja nicht gleich so extrem sein, dass es nicht mehr machbar ist«, schlug Marie vor.
»Na ja, ich bin da anderer Meinung«, sagte Niko. »Eigentlich muss sich alles ändern, und zwar sofort.«
»Das finde ich sehr interessant, Niko.« Frau Winkler war unbemerkt dazugekommen. »Bin ich froh, dass euch nichts pas-

siert ist!« Sie fiel zuerst Franzi und dann Kim und Marie um den Hals. »Ich habe in den Nachrichten von dem Waldbrand gehört. Und Chrissie hat mir erzählt, dass ihr auch im Wald wart.«

»Mensch, Kinder, schön, euch zu sehen!« Herr Winkler kam aus der Praxis und nahm Franzi in den Arm. »Es ist ja toll, dass ich so willensstarke Töchter habe, aber ich bin wütend, dass ihr euch in eine solche Gefahr begeben habt.«

Franzi senkte den Kopf. »Ja, Papa, du hast recht. Aber es ging alles so schnell.«

»Und ist zum Glück glimpflich ausgegangen«, sprang Chrissie ein.

In diesem Moment kam Paul aus der Praxis. Er lief direkt auf Franzi zu. »Ist das nicht super? Goldie ist über den Berg.«

»Mein neuer Praktikant ist ein echter Gewinn«, freute sich Herr Winkler. »Und meine Tochter natürlich auch. Gut, dass ihr dafür gekämpft habt, Goldie nicht einzuschläfern. Ihr hattet recht.«

Paul grinste. »Wir sind wohl ein gutes Team.«

Franzi merkte, wie ihr wieder heiß wurde. »Wo ist denn Goldie jetzt?«, fragte sie schnell, bevor sie gleich rot werden würde.

»Auf der Wiese, im Schatten«, berichtete Herr Winkler.

»Ich zeige es dir!«, sagte Paul.

»Moment noch«, sagte Frau Winkler streng. »Ich habe Pizza gebacken und lade euch alle ein.«

»Sag das doch gleich, Mama.« Stefan schaltete den Motor aus und sprang aus dem Auto.

»Hurra!«, freute sich Kim. »Ich habe richtig Kohldampf.«
»Danke für die Einladung, Frau Winkler«, sagte Marie.
»Und was ist mit meinen Töchtern?« Frau Winkler lächelte erst Franzi an und sah dann fragend zu Chrissie.
»Ich esse auch mit, Mama, aber ich muss erst zu Goldie.« Franzi knuffte ihre Schwester an, die unschlüssig dastand. »Mama gibt sich Mühe«, flüsterte sie ihr zu. »Gib du dir einen Ruck.«
»Gut, ich bin dabei.«
»Schön!« Frau Winkler strahlte. »Wir machen ein Picknick auf der Wiese vor dem Pavillon.«
»Los, zuerst zu Goldie und danach auf die Wiese.« Franzi lief los.
Sie überquerten den Hof Richtung Pferdekoppel. Im Schatten einer Kastanie stand das Rehkitz und knabberte an einem kleinen Busch. »Wie süß!«, rief Franzi glücklich.
Im selben Moment kam die Eule durch den Garten gewackelt. Ihr rechter Flügel war mit einem kleinen Holzgestell gestützt.
»Wow, das ist ja eine tolle Schiene«, staunte Marie. »Paul, kannst du so eine auch für Kim anfertigen?«
Lautes Gackern war zu hören. Franzis Huhn Polly kam angehumpelt und scheuchte die kleine Eule auf.
»Franzi, das ist ja ein richtiger Zoo.« Kim lachte.
Nun kam auch Tinka angaloppiert und wieherte laut. Aufgescheucht lief Goldie weg.
»Meine Tiere müssen nur noch lernen, sich zu benehmen«, meinte Franzi.

»Meine Kinder auch«, witzelte Frau Winkler. »Die Pizza wird kalt.«

Franzis Mutter hatte große Decken unter der alten Linde auf der Wiese ausgebreitet, darauf lagen riesige Holzbretter mit Pizza. Auf einem kleinen Tisch standen mehrere Wasserkaraffen, in denen Pfefferminzblätter schwammen. Frau Winkler verteilte Gläser, Herr Winkler goss allen Wasser ein. Zusammen setzten sie sich auf die Decke.

»Kommissar Peters hat gerade angerufen«, berichtete Kim Franzi und Marie leise. Georg Gruber war mal Informatiker und hat irgendwann entschieden, den Job zu kündigen und im Einklang mit der Natur zu leben.« Kim vergewisserte sich, dass niemand außer Franzi und Marie ihr zuhörte. »Die kleine Hütte ist sein Zuhause, das Loch, in das ich gefallen bin, sein Kühlschrank. Nikos Opa wusste davon, sonst niemand.«

»Das ist ja unglaublich«, fand Franzi. »Auch die Försterin nicht?«

»Anscheinend nicht.« Kim zuckte mit den Schultern. »Er hat wohl gedacht, dass er mit seinen Aktionen Schreiber stoppen kann, und dafür hat er das Reh als Opfer in Kauf genommen.«

»Meint ihr, er hat den Brand absichtlich gelegt?«, fragte Marie.

Franzi betrachtete nachdenklich die kleine Eule, dann fiel ihr Blick auf Niko und Chrissie, die schweigend nebeneinandersaßen und an ihrer Pizza knabberten. »Wir müssen noch mal in den Wald«, flüsterte sie ihren beiden Freundinnen zu.

»Der Kommissar hat gesagt, der Wald ist gesperrt, und es ist gefährlich, weil man nicht weiß, ob noch etwas glüht«, raunte Kim ihr zu.
»Willst du da nach Spuren suchen?«, wisperte Marie. »Es ist doch alles verbrannt.«
»Ja, da hast du auch wieder recht. Ich habe einen ganz üblen Verdacht«, flüsterte Franzi.
»Welchen?«, fragte Kim.
Franzi deutete auf Nikos Rucksack, der weiter hinten an der Hausmauer lehnte. »Wir müssen herausfinden, ob sich darin Zigaretten befinden.«
»Nichts leichter als das«, sagte Marie ganz leise zu Franzi. »Kim und ich verwickeln ihn in ein Gespräch und du siehst nach.«
»Damit niemand etwas merkt, müsstest ihr alle in ein Gespräch verwickeln«, wisperte Franzi.
»Gut.« Marie überlegte kurz, dann wandte sie sich an Niko. »Was meintest du denn vorhin damit, dass sich alles ändern muss?«
»Wir steuern auf den Point of no Return zu, also den Moment, an dem die Folgen des Klimawandels nicht mehr umkehrbar sind«, begann Niko zu erklären.
Alle anderen aßen ihre Pizza und hörten zu.
Franzi stand auf. Niemand achtete auf sie. Sie ging direkt auf Nikos Rucksack zu, schnappte ihn sich im Vorbeigehen und lief damit um die Hausecke. »Na bitte«, flüsterte sie, während sie eine Schachtel Zigaretten aus der Seitentasche zog. Schnell

steckte sie die Schachtel in die Tasche ihrer Shorts, dann stellte sie den Rucksack wieder an die Hauswand und setzte sich zurück auf die Decke. Kim und Marie sahen sie fragend an. Unauffällig hielt sie den Daumen nach oben.

»Jeder kann etwas tun«, sagte Niko. »Leider werden immer noch jeden Tag so viele Wälder abgeholzt.«

»Oder durch Waldbrände zerstört«, sagte Franzi mit leicht vorwurfsvollem Ton. Dabei suchte sie Blickkontakt mit Chrissie und Niko. »Kommt ihr mal kurz mit?«

Franzi erhob sich und half Kim auf die Beine. Auch Marie stand auf, genauso Chrissie. Niko nahm sich noch ein Stück Gemüsepizza und folgte den anderen zur Pferdekoppel. Franzi füllte mit einem Schlauch Wasser in Tinkas Trog und drehte sich dann entschlossen zu Niko. »Du hast das Feuer verursacht.«

Niko rupfte Gras ab und hielt es Tinka hin.

»Du hattest etwas in der Hand, als ich in den Wald kam und euch um Hilfe gebeten habe«, sagte Franzi ernst. »Ihr habt gestritten. Du hast irgendwas fallen lassen.« Franzi zog die Tüte aus ihrer Tasche und hielt sie hoch. »Du wolltest rauchen.«

»Was? Bei der hohen Waldbrandgefahr?« Marie schüttelte ungläubig den Kopf.

Chrissie verschränkte die Arme vor der Brust. »Los, Niko, jetzt sag endlich die Wahrheit. Du wolltest das doch gar nicht.«

Tinka futterte das Gras aus Nikos Hand. »Wenn ich das nur rückgängig machen könnte! Seit mein Opa tot ist, rauche ich, wenn es mir schlecht geht. Ich wollte schon tausend Mal aufhören, weil das so ungesund ist und außerdem schlecht für die Umwelt.« Niko kratzte sich am Kopf. »Chrissie hatte mir von eurem Verdacht erzählt, dass ich aus Rache an Schreiber handeln würde, das hat mich tierisch aufgeregt.«

»Und dann hast du dir in einem Wald mit höchster Waldbrandgefahr eine Zigarette angezündet?«, fragte Kim.

»Und weil du Chrissie festhalten wolltest und sie sich aus deinem Griff befreit hat, bist du gestolpert und die Zigarette ist runtergefallen«, erklärte Franzi.

»Jeder macht mal Fehler«, meinte Chrissie.

Kim wählte die Nummer von Kommissar Peters und hielt Niko das Handy hin. »Aber dann muss man auch dazu stehen.«

Niko nickte und nahm das Telefon in die Hand.

Verzweigt

Detektivtagebuch von Kim Jülich
Samstag, 23:15 Uhr

Goldie ist über den Berg! Das macht uns alle wahnsinnig glücklich. Vielleicht hat sie der Zaun sogar gerettet. Sie hing fest und konnte nicht noch mehr von den Giftködern fressen. Vermutlich hatte sie die Giftköder angenagt und dann die frisch gepflanzten kleinen Bäume entdeckt. Die wollte sie unbedingt futtern, aber blieb dann im Schutzzaun hängen. Sie hatte also Glück im Unglück.

Und wir? Wir haben den Fall gelöst! Ich bin erleichtert, aber gleichzeitig auch traurig, denn wir konnten nicht verhindern, dass eine Waldfläche, so groß wie fünf Fußballfelder, abgebrannt ist. Und zu diesem Waldbrand ist es auch nur gekommen, weil wir ermittelt haben. Kommissar Peters hat uns aber beruhigt und sich bedankt, denn wir wissen nicht, wie weit der Mann namens Georg Gruber noch gegangen wäre. Er hat in Kauf genommen, dass Tiere durch die von ihm verteilten Giftköder sterben könnten, und eine sehr teure Maschine ruiniert. Und er hat Wolfgang Schreiber erpresst und wollte noch weiteres Gift verteilen. Alles nur, um den Wald zu schützen? Das passt aus unserer Sicht nicht zusammen. Aber eins nach dem anderen.

Wir haben im Archiv der Zeitung recherchiert und hatten Hinweise darauf, dass Niko

als Täter infrage kommen könnte. Dann mussten wir Chrissie einweihen (was vor allem für Franzi nicht leicht war), und die hat dann mit Niko gesprochen. Dass sie ihm nicht glaubte, hat ihn wiederum so wütend gemacht, dass er sich eine Zigarette angezündet hat. Und das ausgerechnet bei der Hitze im Wald, in dem auch noch die höchste Waldbrandgefahrenstufe ausgerufen war. Und natürlich ist das in die Hose gegangen. Es hat lichterloh gebrannt.
Marie und ich haben davon allerdings nichts mitbekommen, denn wir waren den Spuren des Täters weiter in den Wald hinein gefolgt. Wir hätten ja nicht ahnen können, was dann passierte: Ich bin in ein tiefes Erdloch gefallen und nicht mehr herausgekommen. Erst dachte ich, es sei eine Falle, aber es war der Kühlschrank von Georg Gruber. Er lebt tatsächlich in dieser Hütte, in der er keine Elektrizität hat. Und in der Erde ist es ja bekanntlich etwas kühler. Nicht so heute. Wegen der andauernden Hitze war es auch in dem Loch total heiß. Und eng. Ich hatte wieder Platzangst. Als Marie dann losgelaufen ist, um Hilfe zu holen, habe ich angefangen, ein Lied der Boyzzzz zu singen, das lenkt immer ganz gut ab. Nur leider habe ich so auf mich aufmerksam gemacht. Als Georg Gruber mir rausgeholfen hat, dachte ich noch, dass ich jetzt in Sicherheit bin. Dann kam Marie und er hat uns etwas zu trinken angeboten. Wie unglaublich naiv von uns, dass wir darauf reingefallen sind. Mit unserer Detektiverfahrung hätten wir ahnen müssen, dass der Typ etwas im Schilde führt. Stattdessen haben wir uns wie Hänsel und Gretel in seine Hütte locken und einsperren lassen. Total bescheuert!
Na ja, immerhin haben Franzi und Niko uns dann gefunden und wir haben kombiniert, dass Gruber irgendwas mit Schreiber vorhat. Er wollte ihn tatsächlich erpressen, aber wir konnten das verhindern.
Kommissar Peters meint, dass Niko und Chrissie womöglich Sozialstunden leisten müssen. Je nachdem, ob Wolfgang Schreiber sie anzeigt. Denn Schreiber gehört der Wald. Für Georg Gruber war es das wohl erst mal mit der Waldhütte und dem Leben

im Einklang mit der Natur. Denn laut Peters wird er sich wegen der Sache mit den Giftködern, Sachbeschädigung und versuchter Erpressung vor Gericht verantworten müssen. Vielleicht kann er mildernde Umstände bekommen, weil er Niko geholfen hat, als er wiederum die kleine Eule aus dem Nest gerettet hat. Wer weiß, vielleicht hat er Niko sogar das Leben gerettet?!

Ich glaube, dass genau das Stück des Waldes abgebrannt ist, das auch abgeholzt werden sollte. Es ist schon tragisch, dass Niko, der das Fällen der Bäume verhindern wollte, jetzt schuld daran ist, dass sie abgebrannt sind. Er hätte es vermutlich sowieso nicht ändern können.

Ich möchte mich eigentlich nicht damit zufriedengeben, dass wir nichts ändern können, denn das stimmt nicht!

Geheimes Tagebuch von Kim Jülich
Sonntag, 00:15 Uhr

Dieses Tagebuch ist streng geheim! Wer weiterliest, bekommt Schwimmbadverbot. Du kannst dich lediglich in einem kleinen von Pablo gebuddelten Erdloch in unserem Garten abkühlen, wenn dir zu warm ist.

Es ist nach Mitternacht und eigentlich sollte ich schlafen. Wenn Mama wüsste ... Ich bin hellwach! Und das liegt nicht nur am Adrenalin, das heute in Massen durch meinen Körper gepumpt wurde. Ich war ja gleich zwei Mal eingesperrt. Wobei das Erdloch am schlimmsten war. Es war so eng, und als Marie Hilfe geholt hat, bin ich allein da unten in der Erde fast durchgedreht.

Meine Schlaflosigkeit hat aber auch noch einen weiteren Grund, und der ist so was von süß: nein, keine Schokolade, sondern ♥ David ♥! Vorhin haben wir lange telefoniert. Er war total erleichtert, dass uns nichts passiert ist, und meinte, dass er mich am liebsten nie wieder allein in den Wald lassen würde. Voll süß von ihm! Wir wollen uns morgen nach der Schule treffen. Eigentlich müsste ich für meinen Englischtest lernen, aber ich habe solche Sehnsucht nach David, dass ich das noch mal verschieben muss. Wahrscheinlich muss ich ihn erst mal stundenlang anstarren, ehe wir wieder zusammen weiterschreiben können.

Franzi war sehr aufgeregt, als die drei !!! eine Woche später das erste Mal seit dem verheerenden Waldbrand wieder den Wald betraten.

In der Woche hatte sich viel getan: Letzte Klausuren vor den Sommerferien waren geschrieben worden, Chrissie war wieder zu Hause eingezogen, Paul und sie hatten Goldie gesund gepflegt und die Eule Mathilda getauft, Marie hatte von ihrem Vater und Tessa eine Entschuldigung für jede Demo bekommen, an der sie teilgenommen hatte und teilnehmen würde, die drei !!! hatten gemeinsam mit Chrissie entschieden, dass sie die Demonstrationen zur Rettung der Wälder und des Klimas auf der Erde fortführen wollten. Und Franzi hatte endlich mal wieder in Ruhe mit Blake telefoniert! Sie freute sich auf seine Rückkehr, allerdings hatte sie sich selbst eingestanden, dass sie auch ein bisschen in Paul verknallt war. Aber sie wusste, dass er zu alt für sie war und dass es nichts mit ihnen werden würde. So war das anscheinend manchmal, hatte auch Chrissie ihr beteuert. Vielleicht schaffte Franzi es ja, mit Paul irgendwann einfach nur befreundet zu sein?!

Heute war ein besonderer Tag, denn Goldie sollte so schnell wie möglich wieder ausgewildert werden. Sie war gesund und der Großteil des Waldes hatte nicht gebrannt. Es bestand also die Hoffnung, dass Goldie ihre Mutter wiederfinden würde. Außerdem hatte Wolfgang Schreiber darum gebeten, dass die drei !!!, Chrissie und Niko sich gemeinsam mit ihm und der Försterin Carolin Grimme die Brandschäden ansehen sollten.

»Wo bleibt denn Marie schon wieder?« Franzi verdrehte die Augen. »Hat Holger eigentlich die Klausur bestanden? Er war doch versetzungsgefährdet.«

»Ja«, sagte Kim. »Und Marie hat mir gerade geschrieben, dass wir unbedingt auf sie warten sollen.«

Franzi sah auf die Uhr. »Willst du echt Frau Grimme und Herrn Schreiber warten lassen, weil Marie verpennt hat?«

»Ich schreibe ihr, dass wir vorgehen.« Kim tippte auf ihrem Handy herum und dann zogen die beiden los. »Übrigens hat die Salbe aus Waldkräutern von Oma Agnes Wunder bewirkt. Mein Fuß tut gar nicht mehr weh.«

»Super!« Franzi konnte schon von Weitem sehen, bis zu welcher Stelle das Feuer gewütet haben musste, denn der Wald lichtete sich immer mehr, die Vogelstimmen wurden leiser, und als sie näher kamen, war nur noch blauer Himmel über ihnen. Das Feuer hatte alles Grün aufgefressen. Verkohlte knöcherne Baumstümpfe ragten aus dem Boden, der durch die Asche gräulich schimmerte.

Chrissie, Niko, Frau Grimme und Herr Schreiber warteten bereits. Franzi und Kim begrüßten alle. »Marie verspätet sich ein wenig«, erklärte Franzi.

»Hier bin ich!« Marie kam angelaufen. In der Hand hielt sie eine gerollte Zeitung. »Oh, das sieht ja traurig aus hier.«

»Deswegen seid ihr hier«, begann Wolfgang Schreiber.
»Es tut mir so leid«, sagte Niko mit gesenktem Kopf.
»Das weiß ich.« Herr Schreiber nickte der Försterin zu, die daraufhin einige kleine Grünpflanzen aus einem weißen Sack nahm, der neben ihr stand.
»Es ist erstaunlich. Das Feuer hat genau den Bereich des Waldes niedergebrannt, den ich bebauen wollte«, begann Schreiber. »Aber ich hab mich entschieden, einen anderen Platz für die Fabrik zu suchen.«
Franzi konnte nicht glauben, was sie da hörte.
»Der Wald wird wieder aufgeforstet«, erklärte Schreiber. »Und Niko hilft Frau Grimme dabei. Ich zeige euch nicht an.« Er nickte Niko zu, der dankbar lächelte.
»Wirklich?«, rief Chrissie freudig. »Ich helfe auch mit.«
Die drei !!! warfen sich einen einvernehmlichen Blick zu. »Wir würden auch helfen«, sagte Franzi.
»Toll! Malte hilft natürlich auch mit. Und ich werde noch zwei weitere Waldarbeiter einstellen.« Carolin Grimme gab allen einige kleine Pflänzchen. »Das ist erst der Anfang. Ich habe Setzlinge bestellt. Viele. Sie werden mit einem Laster geliefert. Und das Tolle ist: Wir pflanzen einen Wald, der an die klimatischen Gegebenheiten angepasst ist. Dann hat auch der Borkenkäfer in Zukunft so gut wie keine Chance mehr.«
»Und die Rodungsmaschine brauchen wir auch nicht«, erklärte Schreiber.
»Darf ich fragen, warum Sie Ihre Meinung geändert haben?«, wollte Franzi wissen.

»Habt ihr denn heute Morgen keine Zeitung gelesen?«, erwiderte er und grinste.
»Doch! Ich!« Marie hielt die Sonntagsausgabe hoch.
»Meine Brüder hatten daraus schon Papierflieger gebaut«, erklärte Kim bedauernd.
»Mensch, Kim, du stehst ja echt auf dem Schlauch.« Marie kicherte und rollte die Zeitung aus. »Hier ist dein Artikel. Auf Seite eins.«
Franzi jubelte. »Warum hast du denn nichts gesagt?«
»Weil ich es nicht wusste.« Kims Wangen verfärbten sich rosa. »Ich habe das Thema ein bisschen abgewandelt, es geht nicht nur um das Netzwerk der Bäume.«
»Bitte lies vor.«Marie hielt Kim die Zeitung hin.
»Das ist mir peinlich.« Das Rosa von Kims Wangen wurde zu einem Kirschrot.
»Gib mal her.« Franzi zog Marie die Zeitung aus der Hand und räusperte sich. Dann begann sie zu lesen. »›Waldameisen tun alles für die Gemeinschaft. Der Mensch tut alles nur für sich selbst. Weil er ein leichtes Leben haben will, beutet er die Erde aus, verbraucht Braunkohle und Erdöl und ist dadurch verantwortlich für den Klimawandel. Die Erwachsenen opfern unsere Zukunft für ihren Lebensstil. Wir möchten in einer Welt leben, in der es Wälder gibt, Meere, die noch nicht so warm sind, dass die Fische darin sterben, und genug Nahrung für alle. Eine Welt, in der wir glücklich sein können und in der Menschen sich nicht mehr bekriegen.‹« Franzi sah auf und nickte Kim anerkennend zu.

Marie nahm ihr die Zeitung aus der Hand und las weiter. »›Hört auf, unsere Biosphäre zu zerstören. Hört auf, die Wälder abzuholzen! Pflanzt stattdessen Bäume, denn sie schlucken das CO_2.‹« Marie lächelte Herrn Schreiber an, der gespannt zuhörte. »›Es müssen neue Wälder entstehen – eine Fläche, ungefähr fünfundzwanzig Mal so groß wie Deutschland –, das könnte den Klimawandel aufhalten.‹«
Kim, die die ganze Zeit still gelauscht hatte, sprach einfach weiter. »›Wir sind auch gerne bereit, zu helfen. Meine Freunde und ich haben in den letzten Tagen erlebt, wie wichtig der Wald für uns ist. Bäume sind untereinander vernetzt, sie kommunizieren über ihre Wurzeln und Pilze im Boden. Leider können sie nicht so schnell reagieren. Aber wir können reagieren und müssen es. Wir wissen, dass wir unser Klima retten müssen, und wir machen weiter. Ich glaube daran, dass unsere Generation etwas verändern kann, ja muss!!!‹« Kim machte eine kleine Pause. »›Und deshalb gründen wir die *Friends for Future!*‹«
»*Friends for Future!*«, rief Marie.
Alle applaudierten.
Kim war nun mindestens so rot wie eine überreife Walderdbeere. Franzi nahm sie in den Arm. »Das ist der tollste Artikel, den du je geschrieben hast.«
»Ja, wirklich!« Marie kam dazu und legte den Arm um ihre beiden Freundinnen. »Zusammen können wir etwas erreichen«, flüsterte Franzi glücklich. »Ehe wir hier loslegen, müssen wir uns noch mal um Goldie kümmern. Mein Vater und

Paul müssten gleich mit ihr ankommen.« Sie wandte sich an Frau Grimme. »Kommen Sie mit?«
»Ja.« Die Försterin rieb die Erde von ihren Händen.
Zusammen machten sie sich auf den Weg.
»Grüßt Goldie noch mal von mir!«, rief Chrissie ihnen hinterher.
Als sie wieder den Teil des Waldes betraten, der nicht gebrannt hatte, wurde es augenblicklich kühler. Der Duft von Tannennadeln und Moos stieg Franzi in die Nase. Ein Vogel zwitscherte.
Franzi entdeckte ihren Vater und Paul, die mit einem großen runden Korb auf sie zukamen. Zwei aufgestellte Ohren lugten heraus.
Marie schmunzelte. »Das sieht ein bisschen so aus, als hätte der Osterhase sich in einem großen Nest versteckt.«
Gleichzeitig kamen alle an dem Punkt an, an dem Goldie vor einer Woche im Zaun festgesteckt hatte. Frau Grimme zog einen Holzpfeiler des Zauns aus der Erde und schob den Draht zur Seite. Schnaufend stellten Herr Winkler und Paul den Korb davor ab. Goldie hob den Kopf und drehte ihn schnell zu allen Seiten. Ein letztes Mal strich Franzi behutsam über ihr seidenweiches Fell.
Paul drückte den Korb an einer Seite etwas nach unten, sodass Goldie leichter herausspringen konnte. Sie begann zu fiepen.
»Sie ruft nach ihrer Mutter«, flüsterte Frau Grimme und legte den Finger auf den Mund. Vorsichtig traten alle ein Stück nach hinten.

Franzi hoffte so sehr, dass Goldie ihre Mutter finden würde. In der Ferne war ein Geräusch zu hören, das dem von Goldie ähnelte.
Das Rehkitz stellte die Ohren auf, lauschte und sprang dann durch die Lücke im Zaun. Als es ein paar Meter gesprungen war, hielt es noch mal an und drehte sich um. Franzi hielt den Atem an. »Viel Glück, Goldie«, flüsterte sie kaum hörbar. Sie wischte sich eine Freudenträne aus dem Auge, und als sie wieder aufsah, war Goldie verschwunden.
»Geschafft.« Glücklich umarmte Herr Winkler seine Tochter und klopfte Paul anschließend auf die Schulter. »Gut gemacht, ihr zwei.«
Franzi wollte sich mit Paul abklatschen, aber er nahm sie in den Arm. Sie ließ es einfach geschehen und schloss die Augen. Am liebsten hätte sie noch länger so dagestanden, doch sie wusste, dass das unmöglich war, und löste sich wieder.
»Ich fahre zurück in die Praxis«, sagte Herr Winkler zu seinem Praktikanten.
»Ich komme mit, ich wollte noch nach Mathilda sehen.« Die beiden winkten den anderen zu.
»Ich werde mich jetzt um die Aufforstung kümmern.« Carolin Grimme lächelte die Detektivinnen an. »Kommt ihr mit?«
»Ja, wir kommen gleich nach«, sagte Marie.

Die Freundinnen waren einen Moment allein, ehe sie sich gleich wieder an die Arbeit machen würden. Marie sah Franzi an. »Wie soll das denn mit dir und Paul weitergehen?«

Franzi fragte sich, ob Marie Gedanken lesen konnte. »Er riecht so gut«, seufzte sie und sah ihm sehnsüchtig hinterher. »Aber es wird nicht weitergehen. Er ist zu alt und außerdem bin ich mit Blake zusammen.« Sie fasste an die Kette, an der sie den kaputten Freundschaftsring von Blake trug. »Aber wer weiß, vielleicht studiere ich auch mal Tiermedizin und mache in zehn Jahren mit Paul zusammen eine Wildtierauffangstation auf.« Franzi lächelte. »Und bis dahin haben die *Friends for Future* noch alle Hände voll zu tun.« Sie nahm ihre beiden Freundinnen an die Hand und zog sie mit sich.

»Und was ist mit den drei !!!?«, fragte Kim.

»Die auch!«, ergänzte Franzi. »Wir müssen etwas verändern. Und wir *werden* etwas verändern!«

Beschwingt liefen die drei los.

Kirsten Vogel kam vor über zwanzig Jahren zum Studium nach Berlin. Und obwohl sie die Großstadt sehr mag, ist sie am liebsten in der Natur und blinzelt durch blättrige Baumkronen in den Himmel. Ihr großer Wunsch ist es, dass die Menschen endlich umdenken und die Erderwärmung stoppen, damit ihre beiden Söhne und alle anderen Kinder eine glückliche Zukunft haben können. Genau wie die drei !!! ist sich Kirsten Vogel sicher, dass jeder Einzelne etwas gegen den Klimawandel tun kann, ja muss!!!

Die drei !!!

Clevere Girls knacken jeden Fall!

- ☐ Die Handy-Falle
- ☐ Betrug beim Casting
- ☐ Gefährlicher Chat
- ☐ Gefahr im Fitness-Studio[e]
- ☐ Tatort Paris[e]
- ☐ Skandal auf Sendung[e]
- ☐ Vorsicht Strandhaie![e]
- ☐ Skaterfieber[e]
- ☐ Im Bann des Tarots[e]
- ☐ Tanz der Hexen[e]
- ☐ Kuss-Alarm[e]
- ☐ Popstar in Not[e]
- ☐ Gefahr im Reitstall
- ☐ Spuk am See[e]
- ☐ Duell der Topmodels[e]
- ☐ Total verknallt![e]
- ☐ Gefährliche Fracht[e]
- ☐ VIP-Alarm[e]
- ☐ Teuflisches Handy
- ☐ Beutejagd am Geistersee[e]
- ☐ Skandal auf der Rennbahn[e]
- ☐ Jagd im Untergrund[e]
- ☐ Undercover im Netz[e]
- ☐ Fußballstar in Gefahr[e]
- ☐ Herzklopfen![e]
- ☐ Tatort Filmset[e]
- ☐ Vampire in der Nacht[e]
- ☐ Achtung, Promihochzeit![e]
- ☐ Panik im Freizeitpark[e]
- ☐ Falsches Spiel im Internat[e]
- ☐ Betrug in den Charts[e]
- ☐ Party des Grauens[e]
- ☐ Küsse im Schnee[e]
- ☐ Brandgefährlich![e]
- ☐ Diebe in der Lagune[e]
- ☐ SOS per GPS[e]
- ☐ Mission Pferdeshow[e]
- ☐ Stylist in Gefahr
- ☐ Verliebte Weihnachten
- ☐ Achtung, Spionage![e]
- ☐ Im Bann des Flamenco
- ☐ Geheimnis der alten Villa
- ☐ Nixensommer
- ☐ Skandal im Café Lomo!
- ☐ Tatort Geisterhaus
- ☐ Filmstar in Gefahr
- ☐ Unter Verdacht
- ☐ Die Maske der Königin
- ☐ Skandal auf dem Laufsteg
- ☐ Freundinnen in Gefahr
- ☐ Krimi-Dinner
- ☐ Das rote Phantom
- ☐ Hochzeitsfieber!
- ☐ Klappe und Action!
- ☐ Wildpferd in Gefahr
- ☐ Geheimnis im Düstermoor
- ☐ Tatort Kreuzfahrt
- ☐ Gorilla in Not
- ☐ Das geheime Parfüm
- ☐ Liebes-Chaos!
- ☐ Der Fall Dornröschen
- ☐ Spuk am Himmel
- ☐ Flammen in der Nacht
- ☐ Der Graffiti-Code
- ☐ Heuler in Not
- ☐ Tanz der Herzen
- ☐ Tatort Geisterbahn
- ☐ Gefahr im Netz
- ☐ Nacht der Wölfe
- ☐ Gefährliches Spiel
- ☐ Gefahr in den Ruinen
- ☐ Kuss der Meerjungfrau
- ☐ Legende der Einhörner
- ☐ Rätsel der Vergangenheit
- ☐ Tatort Hollywood
- ☐ #Falscher Ruhm
- ☐ Achtung, Gaunerzeichen!
- ☐ Das Bienengeheimnis
- ☐ Vier Pfoten in Gefahr
- ☐ Ein echt schöner Fall
- ☐ Geheimnis im Spukhotel
- ☐ Das Konfetti-Komplott
- ☐ Voller Einsatz für die Erde
- ☐ Luftballon-Küsse

diedreiausrufezeichen.de

Alle Bücher auch als E-Book erhältlich

[e] nur als E-Book erhältlich